鎌倉八百萬骨董堂

初次見面！付喪神偵探

三萩千夜
三萩せんや——著

涂紋凰——譯

鎌倉やおよろず骨董堂
つくも神探偵はじめました

目次

後藤琴子

個性內向的女大學生。可以
看見「付喪神」的樣貌，也
能聽見他們的聲音。

時田星史郎

「八百萬骨董堂」的小老
闆，性格穩重溫和。

真暮真司
自稱名偵探，實為「謎偵探」，自以為是的帥哥警部。
鼓持康隆
總是盡全力討好真暮，宛如忠犬般的刑警。
阿螢
附在骨董藍寶石胸針上的少年付喪神，是琴子的好夥伴。

注意事項

這個故事是在講述經營骨董店的爽朗好青年，順藤摸瓜慢慢解開一些有關骨董而且令人感到不可思議的謎團——才怪。

這位時田星史郎豐富的骨董知識與慧眼，只是讓這個故事錦上添花而已，還算不上解謎。

而且他本人也有自知之明，所以並不會特別出來搶風頭。

那麼，這個故事難道是在講述年紀輕輕就破格升官的幹練帥警部，華麗解決各種難題嗎？很遺憾，並沒有這回事。

罕見的觀察力與迅速的推理能力，只是真暮真司自以為感覺良好而已。基本上，把事情變得更混亂、讓一般案件變得更複雜的人都是他。

即便偶然解決案件，那也是僥倖。

絕對不能被他合身的黑色西裝、細長的雙眼等能幹的外表騙了。

……那這到底是什麼樣的故事呢？

這個故事的主角，其實是一個煩惱自己個性過於內向的女大學生。

她的名字是後田琴子。

她擁有一種特殊能力，能夠看見、聽見依附在骨董上的「付喪神」——像精靈又像妖怪的不可思議存在。

琴子在特殊能力的引領之下，來到星史郎經營的八百萬骨董堂。後來，琴子開始在古都鎌倉東奔西走，借助付喪神們的力量，解決那些因為真暮的謎樣推理，而陷入混亂的難解疑案。

也就是說，這是一個描述「付喪神偵探」後田琴子大顯身手的故事。

……還有她充滿淚水、歷經種種苦難，最後發憤圖強的成長過程。

前言

僥倖警部的骨董事件簿

歷史與風雅如拼接木一樣交錯的美麗古都——鎌倉。

離開觀光客眾多的鶴岡八幡宮參道一段距離後，就會看到一片嫻靜的住宅區。充滿異國情調的西洋建築就佇立在其中一隅。

現在，這棟西洋建築的大廳中，聚集了五名嫌疑犯，他們都是為了早早就被命名為「受詛咒的西洋人偶」的事件，而留在此地。

每個人看上去都有些……不，是非常疲憊。

因為除了被當作嫌疑犯之外……更讓人疲憊的是，站在他們眼前的年輕警部真暮真司。

「話說回來……我這個能幹的名偵探，已經徹底了解這次事件的真相了！」

約莫二十五到三十歲左右的年輕警部真暮，身穿合身黑西裝、細長的眼睛和爽朗的聲音、精明幹練的氛圍，整體上讓人感覺像是收在刀鞘內的日本刀。再加上充滿自信的言行舉止，看起來的確是個很厲害的男人。

現在，真暮正要開始展現他華麗的推理秀。

「犯人就是──」真暮用裝模作樣的口吻說話，中間還停頓了一下，以便吸引大家注意。

「就是你，這裡的傭人──櫻木！」

真暮的手指直直指向西洋建築的老傭人──櫻木。

……沉默。

這對櫻木來說一定非常出乎意料。他似乎連說句話或露出驚慌失措的樣子都很困難，只能目瞪口呆。

在櫻木還沒反應過來的這段時間，真暮一邊慢慢踱步，一邊仔細地說出自己的論點。

「櫻木……你應該是對傭人的待遇心生不滿吧！雖然長年在這裡工作，但是被這對比自己還要年輕很多的夫妻使喚，讓你覺得很厭煩。」

真暮彷彿很同情櫻木的境遇，露出悲傷的表情，無力地搖搖頭。

「沒錯……所以你想讓和子太太感到害怕，才會這樣惡作劇。趁著整理骨董的時候，在那個西洋人偶身上動了手腳……呃……對了，應該是用了電池或者其他的什麼辦法……讓人偶動作，打造出受詛咒的人偶。我說得沒錯吧！」

雖然中途說話結巴很可疑，但推理也有模有樣地結束了。

搞定了……真暮一臉心滿意足的樣子，原本愣在那裡的櫻木這時才突然回過神：「不、不是的，那個……真的不是這樣！犯人不是我！」櫻木用盡全力否定真暮的推理。

「應該是說，我為什麼要惡作劇啊？我都這把年紀還能在這裡工作，完全是出自夫人的好意。我不可能做這種事！根本做不到啊！」

「對、對啊。櫻木不可能做這種事。」

結果連這起案件的被害者，也就是這棟房子的女主人和子夫人都出面幫櫻木說話。

「絕對不是櫻木，嫌犯一定另有其人。」

和子維護櫻木，讓真暮眉頭緊皺。

屋內充滿劍拔弩張的緊張感，和子和櫻木都嚇得縮著身子。

「不是櫻木……不對，從現場情況來看——」

「哎呀，警部，或許還有些事情沒挖出來啊～」

和真暮搭檔的鼓持刑警，安撫似地從中調停。

鼓持非常符合「輕浮」這個詞的輕佻印象，和一板一眼的真暮完全相反，如果不是和真暮在一起，大概不會有人相信他是刑警。感覺好像是兩個極端的人互相截長補短一樣。

然而，從推理開始之後已經過了三個小時……這起案件仍然沒有解決的跡象。畢竟，剛剛那樣的場面已經是第三次了。

在大廳的一隅……

在搞不清楚狀況之下被捲入這起案件的女大學生——後田琴子，正心驚膽戰地默默看著混亂的現場。

「什麼啊……那個僥倖警部根本就沒搞清楚方向啊！」

坐在琴子肩上的嬌小少年阿螢，一副受不了的樣子脫口說出這句話。

他的喃喃自語和擁有翅膀的妖精樣貌，都只有琴子才聽得到，看得見。阿螢是依附在琴子胸前那只閃亮骨董胸針上的「付喪神」。

所謂的「付喪神」，就是依附在經歷漫長歲月的古物上，像精靈、妖怪又像神明，不可思議的存在，而一般人看不到這些依附在各種古物上的付喪神。

然而，琴子卻擁有看見，聽見他們的能力。

擁有特殊能力的琴子，已經從住在屋內的付喪神那裡得知這次案件的犯人和真相。也就是說，琴子已經知道一切，琴子當然也知道，真暮的推理連擦邊球都算不上，簡直大錯特錯。

很遺憾的是，這位自稱幹練名偵探的帥哥警部，只會說出不像話的推理。不要說什麼名偵探了，根本就是「謎偵探」。然而，他過去似乎曾解決數起難解的案件，因為這些功績，才讓他破格快速升到警部的職位。

阿螢聽到稍早之前，鼓持引以為傲地介紹真暮的這些經歷時，露出眼神死的樣子，直說真暮是「僥倖警部」。琴子當然也表示認同，以現場這個狀況來說，根本無法反駁。

「我說琴子啊，妳就告訴他正確答案吧！」

反正只有琴子看得到，阿螢一副「好無聊」的樣子在琴子的肩上伸懶腰。

「照這樣下去，直到他找到真相為止，不知道還要花多少時間喔！妳是打算在這裡過夜嗎？」

「不會吧，應該不至於……」

「這可說不定，明明我們一過中午就被帶到這裡，現在眼看就要天黑了啊！」

阿螢嘆了口氣，背後輕薄的翅膀抑鬱地透出藍色的光。

阿螢依附的胸針底座使用「藍寶石」這種會變色的捷克玻璃，一照到光就像極光搖曳似地發亮，這些光芒也會同步映在阿螢背後宛如妖精的翅膀上。那彷彿螢火蟲在夜裡發光的樣子非常美麗，但琴子現在沒有閒情逸致欣賞。

「唉……琴子啊……我想回家啦——」

「我也想回家啊……那個，星史郎先生在……啊，不行……」

琴子的心靈綠洲，同時也是把琴子帶來這裡的骨董店小老闆，隔著真暮站在大廳的另一側。對琴子來說這個距離太遠了。中間還夾著一個超有問題的自以為是警部，實在沒辦法隨便叫人。

導致琴子被捲入這起事件的契機，出現在幾天之前。

故事就是從琴子暌違八年造訪鎌倉的某間骨董店開始……

第一章　付喪神阿螢回鎌倉

濕答答的梅雨季節——六月。

從東京都到橫濱的路上，透過電車的車窗可以看到在陰鬱的天空下，某個公園開著青紫色和紅色的繡球花。這些花彷彿像是想讓這個陰暗的世界變得明亮一點，真是令人憐愛。再過不久，就是繡球花盛開的時期了。

「那個……我決定嘗試獨立生活。」

在人煙稀少的電車座位上，琴子自言自語似地開口說話。

然而，琴子當然不是在自言自語。依附在琴子胸口的藍寶石胸針上、宛如妖精的付喪神——阿螢，正坐在琴子的肩上。

琴子正要前往位於橫濱的大學，她大概兩年前就開始通勤上學。

今天上午停課，所以過中午才搭上電車。這個時間距離早晚通勤潮的時段很遠，所以車內空蕩蕩的，沒有人對琴子的自言自語感到納悶。

「喔！所以妳有好好思考我之前跟妳說過的話呢！」

阿螢直誇獎琴子：「真乖啊～」

雖然被外表看起來比自己還小的阿螢當作小孩子很令人遺憾，但其實他是附在擁有百年以上歷史的骨董胸針付喪神。以他的角度來看，大部分的人類年紀都很小。

約莫兩個月前，阿螢曾經對琴子提出忠告。

◆◆◆

那是某天晚餐後的事情了。

琴子當時正在把洗好的衣物收進衣櫃。

「琴子……妳真的要一直跟著父母生活嗎？」

阿螢一臉受不了的樣子這麼問，讓琴子一時語塞，就這樣抱著媽媽摺好的衣物僵在原地。

因為爸爸要調職到國外，後田家正在討論近期要全家一起遷居海外。

阿螢指的就是這件事。

「如此一來，大學也要辦退學吧？妳好不容易才拿到畢業的必修學分耶。我覺得這樣不太對，實在太可惜了。」

「可、可是這也沒辦法啊！爸爸和媽媽都說要我一起去。」

「那個……退學其實也不是什麼壞事。」阿螢一副失望地搖了搖頭，接著用牙籤般纖細的手指戳著琴子的鼻子。

「但我的重點是，父母叫妳去妳就去，問題出在妳毫無主見啊！」

被戳中的鼻子明明不痛，但琴子還是不自覺地悶哼了一聲。

琴子至今一直以來，都在父母的過度保護下成長。

琴子自小就能看見父母看不見的東西，小時候經常語出驚人。父母擔心女兒誤入歧途，因此對琴子加倍關愛。有時，甚至到了溺愛的程度。

現在，琴子已經二十歲了。

同年齡層之中甚至已經有人開始獨立生活，而琴子還完全不用做家事。煮飯、洗衣、掃地都是媽媽一手包辦，還告訴琴子「不用做這些家事沒關係」。倒垃圾、打掃庭院則是爸爸的工作，想幫忙的話還會被拒絕說「沒問題，都交給爸爸就好」。

就連衣服都是穿父母選的，雖然有時候覺得不喜歡，但還是會默默接受。

這樣的琴子，當然從小就沒有培養什麼獨立生活的能力。

「我覺得這是妳獨立的大好機會喔！」

阿螢飛離琴子的肩膀，翩翩舞動翅膀停在空中。

「妳也有自己想做的事吧？當初不是因為想多了解我們付喪神，才去念那所大學嗎？」

琴子點了點頭。

阿螢說得沒錯，琴子是為了進一步了解、調查付喪神，才決定升大學。

雖然沒有哪所大學擁有直接調查付喪神的研究室，但有一所大學的教授將付喪神當成一種文化並且放在論文當中。琴子現在就讀那所大學，也進入這位教授的研究室。

儘管沒有一如當初的期待，解決什麼謎題，但還是學到不少東西。

「妳不是說以後想要實際見見不同的付喪神，了解更深入的知識嗎？如果國外沒有付喪神怎麼辦？」

「可是阿螢的胸針不是外國產品嗎？」

「東西雖然是外國產品，但我可是貨真價實的日本付喪神。畢竟我是在日本才產生自我意識的啊～」

面對琴子挑毛病的舉動，阿螢嘟著嘴抱怨：「搞什麼啊，別挑我語病啦！」

因為這個動作實在太可愛，琴子按著嘴角壓下忍俊不止的笑容。能讓琴子這樣挑毛病的就只有阿螢了。

「……說得也是。好不容易開始漸漸了解，也好不容易能做自己想做的事情了……」

就這樣離開日本——琴子也覺得好可惜。

話說回來，琴子這麼內向又沒主見的人，根本不可能移居到語言不通的異國土地。一般人或許能因此獲得改變自己的機會，但琴子反而可能有生命危險。

話雖如此，畢竟琴子也不是小孩子了，不可能隨時都和父母黏在一起。繼續在日本獨立生活還比較實際。

「可是，我有辦法自己生活嗎……」

「……琴子，妳忘了還有我嗎？」

阿螢再度露出一副受不了的樣子搖了搖頭。這次他接著說：

「而且，不只我而已。妳還有這麼棒的能力啊！」

「能力？」

「就是看到、聽見我們付喪神的超特殊能力啊！只要活用這份能力，就算一個人也能像生活在大家族裡一樣，過著熱鬧的日子！」

「是這樣說沒錯啦……但是鄰居會把我當成怪人吧……」
「妳不是早就習慣了嗎？」
「我才沒有習慣！以前因為這樣受了很多傷耶。」
琴子嘴上雖然反駁，但也決定認真思考這件事。
要是錯過這次機會，自己這輩子就永遠是個長不大的孩子。是時候該認真學習如何不依靠父母生活了，否則，自己的人生一定會在某個地方打結。阿螢說得沒錯，或許這次是個好機會——應該說，這可能是第一次，也是最後一次的機會了。
話雖如此，也沒辦法心動就馬上行動。在那之後的兩個月，琴子經過深思熟慮才終於下定決心。
她決定要為了調查付喪神而留在日本，自己一個人獨立生活。

◆◆◆

「我當然也想自立自強，不想一直靠父母啊……今天晚上我會和父母說說看，告訴他們我想繼續留在日本讀大學。」

「很好，這才是我的主人啊！那妳要在哪裡獨立生活？」

阿螢探出身子問。

他比琴子還興致高昂，興奮之情完全展露在翅膀的光澤上。

「如果要專心做研究的話，還是付喪神多的地方比較好吧？京都、奈良、出雲地區都是古物較多的地方……進口貨的話，長崎那裡也不少吧？」

「我覺得鎌倉不錯。離學校近，而且雖然只去過一次，但至少是有去過的地方。」

琴子對開始擅自妄想阿螢說出自己的想法。

結果，阿螢卻一副不滿的樣子說：「啊，鎌倉喔……」

「為什麼要覺得遺憾啊？我覺得是很不錯的城市啊。」

「那是我已經很熟悉的地方，既然要去當然要選陌生的城市啊！」

琴子鬆了一口氣，心想：什麼嘛，只是因為這樣啊！

阿螢以前住在鎌倉的骨董店，而琴子就是在那間骨董店和他相遇。

「但我不熟啊。我自從國中那次和你在鎌倉相遇之後，就再也沒去過了。」

「為什麼會不熟啊？從東京出發，很快就到神奈川了吧？」

「……對我來說很遠啦。」

琴子在確定考上大學之後，才開始能自己搭車前往隔壁縣市。

在父母過度保護的阻礙下，以往琴子都不能去單程超過一個小時的地方。琴子認為，自己之所以只有阿螢一個朋友，其中一個原因就是這種不自由的限制。雖然最大的原因其實是在於自己沒有勇氣反抗……

當初之所以不選擇東京都內的大學，也是因為想要自己到遠方就學。而且，父母能夠讓步的極限，最多就到鄰近的橫濱市。

「如果是鎌倉的話，距離並不遠，隨時都可以回來這個家。我想爸爸和媽媽應該都能接受。」

「也是啦……就在隔壁縣，從橫濱過去也不遠，的確是妳父母可以接受的最遠距離了。」

「對吧？如果中間還隔著一個縣的話，感覺他們應該會反對。」

「反正他們都要飛去大海的另一端了……不過，這應該是個人觀感的問題啦！」

阿螢像是要甩開自己的想法似地，輕輕搖了搖頭。

「是我不好。京都、奈良、出雲都不太可能，更何況是中間隔著大海的長崎，妳父母更不可能接受了。」

知道琴子父母有多過度保護女兒的阿螢，聳了聳瘦小的肩膀。

他已經和琴子一起生活八年，比任何人都了解後田家的情況。

「這樣啊，要去鎌倉嗎……那裡聚集了許多古物、進口貨等各種骨董，是我們付喪神的地盤，也是我的第二個故鄉。」阿螢唱歌似地說完之後，還加上一句：「也不錯嘛！」

琴子笑著說「對吧」的時候，電車已經靠站，有人進入車廂內，所以她馬上裝作沒事的樣子往下看。

電車駛過品川站，不久便進入隔壁的神奈川縣。

當晚，琴子成功說服父母讓她留在日本獨立生活。

琴子用保證會定期聯絡、有問題可以依靠校方等理由，好不容易才說服嚎啕大哭的父母。

雖然早就預想到父母會強烈反對，但沒想到情況比決定大學的時候更激烈。

這就表示他們有多擔心琴子。當媽媽提議讓爸爸自己去國外，自己要留下來時，琴子也很焦急。

「雖然他們答應讓我去住鎌倉了……但我這個女兒真的有那麼不可靠嗎……」

琴子覺得沒辦法讓父母安心的自己很沒出息，回到房間之後便搖搖晃晃地鑽進被窩。

可能是因為不習慣表達自己的意見，讓琴子覺得很疲倦。

「辛苦了，妳已經很努力了。」

閉上眼睛就聽到阿螢安慰自己的聲音。

「……那個，我啊，真的能好好在鎌倉生活嗎？」

阿螢雖然回答「當然可以」，但琴子仍然感到不安。

是因為在這種心境下入睡的緣故嗎？

當晚，琴子夢到悲傷又令人懷念的往事。

◆◆◆

「媽媽，這裡有小狗喔！還有小貓……」

「……琴子，妳在說什麼啊？這裡什麼都沒有啊！」

小時候，琴子和媽媽之間經常有這樣的對話。而且，媽媽總是很擔心她。

畢竟媽媽完全看不到這些東西。

「應該是想引起妳的注意，才會說謊吧？」

媽媽因為女兒的奇言怪語煩惱，去和祖母商量，但祖母也沒把琴子說的話當一回事。

（……是真的，真的有啦……）

年幼的琴子雖然這麼想，但是沒有語言或方法能證明。

碰到骨董等古物時，琴子能看見別人看不到的存在。他們有人形、動物、昆蟲、妖精等不同的樣貌……琴子不知道那是什麼就會問人，但大人都覺得她很恐怖。

因此，琴子漸漸不再問了。

同時也越來越少開口說話。

在那之後，又過了將近十年——事情發生在琴子升上國中二年級的時候。

因為綜合學習這門課，琴子的班級決定到鎌倉旅行。

（怎麼辦……好想請假……）

對極度內向的琴子而言，和同班同學一起行動實在太令人絕望。但是，媽媽是家庭主婦，整天都在家，所以她也沒有勇氣裝病請假，結果琴子還是參加旅行了。

然而，琴子在城鎮裡移動的時候，可能是太過沉浸在黯淡的情緒中，一回過神來，才發現已經和同班同學走散了。

（雖然……已經很習慣一個人，但是……好像有一點寂寞……）

走在觀光客熙來攘往的鎌倉小町通，琴子獨自嘆息。

在這些和情侶、家人、朋友一起享受觀光的人群中，更能感受到自己孤身一人。瞬間彷彿有一種全世界只有自己這麼孤獨的錯覺，眼眶泛淚的琴子，不自覺地逃往人煙稀少的巷弄裡。

琴子擦去眼角的淚，在這條巷子裡發現「八百萬骨董堂」。

（那是什麼……好熱鬧的店啊……）

透過玻璃窗看到店內充滿溫暖的橘色光線，在這樣的光線中，出現只有琴子能看見的、不可思議的「那些存在」。而且不是只有一、兩個，這裡有好多付喪神。

彷彿被什麼人吸引似地，琴子拉開拉門，走進店裡。

店內陳列著盤子、花瓶等陶器，還有漆器、紅漆髮簪等和式工藝品。

原本以為只有這樣，沒想到還有燈具、銀製餐具、戒指、胸針等西洋風的商品。

然而，每項商品都依附著「那些存在」。

「喔！妳看得到我對吧？真難得耶。」

向琴子搭話的是附在胸針上、宛如妖精般的嬌小少年。

這位少年毫不膽怯，爽朗地繼續說：

「妳看起來好像很悶啊！從哪裡來的？我是在捷克出生的喔！不過我對捷克一點印象也沒有就是了～」琴子因為這位開心向自己搭話的少年，慢慢恢復活力，就在這個時候──

「妳也看得到『付喪神』對吧！」

有人從背後說話，琴子嚇得跳起來。

回頭才發現，一位相貌溫和的老爺爺笑著站在那裡，好像是這間店的主人。

「付喪、神？這個男生，也、也是嗎？」

「妳看得到阿螢對吧。沒錯，他也是付喪神。在這個世界製作出來、歷經近百年歲月的物品，就會有靈魂停駐。像妖怪又像神明，是不可思議的存在喔！」

「老爺爺也看得到嗎？」

「是啊，我看得到喔。那裡的小狗、小貓，還有和妳說話的阿螢，我都看得到也聽得到。他們常常來找我聊天呢！」

聽到這番話的瞬間，琴子不禁淚流滿面。

「哎呀，怎麼了？我說了什麼讓妳不開心的話嗎？」

「不、不是的，我是太開心了……」

琴子擦著眼角，拚命搖頭。

「我、我是第一次。第一次有人認同我……以前從來沒有人相信我……」

「啊，這樣啊……妳一定很辛苦吧！畢竟很難遇到同類啊。」

老爺爺說完，便張開雙手微笑。

「小姐，歡迎妳來到聚集八百萬付喪神的『八百萬骨董堂』。」

琴子對這位表示歡迎的老爺爺，說出自己的過往。

琴子說出以前從未對父母、祖父母、學校老師和同學說過的事情。說出自己的心情之後，她感覺一直緊緊束縛著身體的東西，漸漸解開了。這是第一次，琴子覺得自己不再是孤身一人……

「咚──咚──」鐘聲響起，琴子突然回過神來。

望向店內深處的巨大立鐘，發現距離回程的集合時間只剩下十五分鐘了。

好像已經聊了將近一個小時，窗外已經透著夕陽餘暉。

「小姐，喜歡的話，這個胸針就送給妳了。」

老爺爺把附著阿螢的胸針塞進急忙離開的琴子手裡。

「咦，那個，可是價錢……」

「妳已經告訴我關於這個世界上最珍貴的付喪神故事，就足以抵掉費用了。而且，阿螢也想看看外面的世界啊。對吧，阿螢？」

「喔，對啊。一直待在店裡太無聊了。」

阿螢站在琴子肩膀上，彷彿在說：「帶我走吧！」

看著時鐘，發現連拒絕的時間都沒有了。雖然很猶豫，但琴子最後還是鄭重向老爺爺道謝，把附著阿螢的胸針戴在胸口，並離開那家骨董店。溫暖的橘色光線，就像西沉的夕陽一樣變得越來越遠——

◆◆◆

——從夢裡醒來的琴子，不禁露出微笑。

那個時候的喜悅之情至今仍記憶鮮明，胸口仍感到陣陣暖意。

在那之後琴子想為胸針的事情道謝，但父母不讓她去鎌倉。因為班主任告訴他們，琴子在旅行的時候一個人迷了路。

琴子也想過和父母一起去，但是又擔心把事情鬧這麼大，恐怕會對店主造成困擾，結果從那天之後就再也沒有去過骨董店，甚至連鎌倉都去不了。雖然從橫濱到鎌倉之間的距離，搭電車三十分鐘內就可以抵達，但琴子卻連偷偷違背父母的勇氣和獨立的決心都沒有。

不過，那都已經結束了……琴子離開被窩，開始準備梳洗。

今天是週六，大學也放假。

所以琴子打算先去看看將來要獨自生活的城鎮，順便去鎌倉的骨董店道謝。

「哇……早啊，琴子。已經要出發去鎌倉了嗎？」琴子在胸口別上感覺像是出自珠寶大師拉利克之手的骨董胸針，睡眼惺忪的阿螢打了個哈欠。琴子對伸著懶腰舞動翅膀的付喪神少年回答：「嗯，要出門了。」一手拎起皮包走出房間。

琴子在玄關說「我要出門了」的時候，剛好被父母逮個正著，他們一下交代這個一下叮囑那個，不過最後還是成功離開家門了。

萬里無雲的晴空下，琴子興高采烈地前往鎌倉。

◆◆◆

週末的鎌倉仍然是廣受歡迎的觀光地，好多人熙來攘往。

「這裡還是好多人啊……」

走出剪票口的琴子不禁嘆氣。

鎌倉車站前的左手邊有一個大鳥居，從那裡進去就是小町通商店街。走出車站的人潮就像是被吸進鳥居一樣，都往那裡走過去。

小町通內有餐飲店、雜貨屋，直直往前走就會抵達鶴岡八幡宮。不過這裡似乎不是正式的參道，大鳥居上也寫著「八幡宮近道」。

正式的參道是和小町通並排，可直線連接八幡宮的「若宮大道」。

這條彷彿直奔由比濱海水浴場般的參道上有三座鳥居，第二座鳥居離車站最近。從這座鳥居到八幡宮的參道夾在車道中間，因為是由葛石堆疊出比平地高一階的區域，故有「段葛」之稱。從第二座鳥居望向八幡宮時，看起來比實際距離更遠，據說是因為採用了透視法的緣故。

看起來真的好遠啊！琴子一邊想著，一邊沿著這條參道朝八幡宮的方向前進。

雖然之前來的時候是從小町通混入人群，但琴子一向不喜歡人擠人，所以即便是一般人都喜愛的熱鬧小町通，也很難久待。

因此，她決定在參道上的某個十字路口拐向小町通。

「啊，就是那裡。在那邊轉彎。然後沿著那條狹窄的巷子前進——」

阿螢負責帶路。琴子沿著記憶中的道路前進，尋找那間骨董店。

不久便找到熟悉的店面，琴子不禁鬆了一口氣。看板上也寫著「八百萬骨董堂」，應該是還在營業。

琴子打開拉門，進入店內。

「……嗯？我還在想你怎麼這麼面熟，原來是阿螢啊！」

靜靜關上門的時候，琴子聽見沙啞的說話聲。

往聲音傳來的方向望去，發現那裡有一幅掛軸。

掛軸上描繪的是神佛大集合，風格非常華麗，色彩也很鮮豔。

掛軸旁站著一位宛如神佛的老先生。看樣子應該是掛軸的付喪神，但身形比阿螢大，尺寸和普通人類差不多。

「喔，這不是臭老頭嗎？好久不見啦！」

阿螢發現老先生之後，開心地搭話。

「應該是說，你還沒賣出去啊？未免也太沒變化了吧！」

「笨蛋，我很貴的。沒有哪個人可以輕輕鬆鬆把我買回家。我們這裡可不能刷卡……話說回來，你這傢伙也沒賣掉啊！你啊——啊，所以這位小姐，就是當時那位小姐嗎？」

「那個……你記得我……嗎？」

琴子回問之後，掛軸老先生非常有氣勢地回答：「當然記得。」

「怎麼可能會忘記聽得見我們聲音的稀奇人類啊！」

「啊——果然，這種人很少見……」

「豈止少見，據我所知，妳是第二個這樣的人。」

「啊……第一個是這裡的店主……」

琴子說完，就聽到比剛才更輕巧的開門聲。

看樣子應該是客人。

琴子和頭戴針織帽、看上去來者不善的中年男子視線交會後，不禁立刻錯開眼神。

「今天人還真多啊，這是第幾個？」

掛軸老先生問完，某處有個聲音回答：「第五個人了吧？」

尋找聲音的主人時，發現一隻和乳白色吊燈同色的小鳥停在燈罩上。一旁繞著海藍色桌燈翩翩飛舞的藍色閃蝶，對小鳥的話提出質疑：「不是第六個人嗎？」

他們的外觀都不是人，卻說著人類的語言——至少琴子聽起來是這樣沒錯。

琴子不禁感嘆：這裡還是一樣壯觀啊！

店內到處都是付喪神。

看上去歷史悠久的桌上陳列著陶器和銀製餐具，牆邊老舊的櫃子裡放著裝飾品和雜貨，每一件商品都有付喪神的身影。當然，陳列商品的桌子和櫃子也都附著付喪神。

天井上的燈光周邊，有翅膀的付喪神在那裡飛來飛去，掛在牆上的掛軸和繪畫也一定能找到對應的付喪神。

無論日式洋式的商品，都有付喪神的身影——琴子從未在其他地方看到這樣的光景。或許，就連這棟古宅本身都有付喪神吧！

竟然有這麼多……說得難聽一點，什麼商品都收顯得毫無原則，但這裡不可思議地讓人一點也不覺得厭煩。儘管距離熱鬧的大街有點遠，仍有客人上門也是理所當然，畢竟這間店的氣氛很好。「嗯——感覺人太多了一點，好像……」

「我聞到不好的味道。」

放在地上的陶製狗狗擺飾……不對，是坐在一旁和擺飾十分相像的狗狗付喪神，接在掛軸老先生之後這麼說。

「不好的味道？」

琴子歪著頭表達疑惑，狗狗付喪神有點得意地抬起鼻尖說：「我的鼻子很靈呢！」

此時，有人叫了一聲。

是付喪神的聲音。
琴子不禁想回頭看。
然而，阿螢卻要琴子等一下。
「……聽好了，妳先別回頭。假裝什麼事都沒發生。」
咦，為什麼？
「別出聲，現在小偷正在偷東西！」
琴子原本想問問題，但聽到阿螢這麼說整個人就僵住了。
如果阿螢沒有警告她，剛剛可能早就開口說話了。「那是珊瑚項鍊……好像已經放在口袋裡了。」
「呃、啊，那要怎、怎麼辦……」
「冷靜一點。嗯——店門開著就表示店主在店裡吧？」
阿螢這麼一問，掛軸老先生便回答：「在裡面啊！」
「好，那……啊，風鈴，位置剛剛好。琴子，就是那個。」
琴子按照阿螢的吩咐，望向入口附近的天花板。
那裡有個以風鈴來說體積過度龐大的黑色吊鐘。「我才不是風鈴，是風鐸，別搞錯了。」風鐸上的松鼠對兩人發牢騷。

「先反鎖入口的門。」

琴子悄悄望向入口，確認內鎖的位置。

只要向後退幾步，伸手就能碰到。琴子戰戰兢兢，若無其事地照阿螢說的做。

「那接下來……」

「敲響風鐸，用力一點。」

得知阿螢的企圖後，琴子一副快要哭出來的樣子。

然而，聽到快被偷走的付喪神一直發出慘叫，琴子下定決心把手伸向風鐸。

噹啷──店內響起出乎意料的巨大聲響。

一瞬間，琴子感受到背後有視線射向自己。視線的邊緣可以看見頭戴編織帽的男子臉部抽動了一下，彷彿在說「妳幹嘛雞婆」，還狠狠瞪著琴子。

（對不起、對不起，但是你做了壞事啊……）

琴子正在心裡吶喊的時候──

「您好，歡迎光臨！」

風鐸聲響後，出現一個溫和的聲音。

之後，從店裡走出一個人。看起來是位年近三十，個性溫柔的男性。

「咦？竟然不是老頭……算了，沒關係。琴子，快打暗號。」

「啊，暗號？怎、怎麼打暗號？」

「用手和眼睛做個手勢什麼的啊！妳的手有桌子擋著，小偷也看不到妳的臉。」

和阿螢對話的時候，店裡的年輕男人剛好朝琴子靠近。

「啊，抱、抱歉，我擅自敲響……」

「沒關係，常客都用這個叫我，請不要介意。聲音很好聽吧？」

「對、對啊……很、很好聽……」

「喂，妳怎麼聊起來了啊？」阿螢突然插話。

同時，琴子也確實聽到珊瑚項鍊的付喪神正在大喊救命。

「那個，啊，是這樣的……我……呃……」

琴子拚命轉動眼球，用視線向眼前這個男人示意。

接著上上下下地做出把手放進口袋的樣子，暗示：「那個人、把店裡的東西、放進口袋了。」

這個男人剛開始雖然目瞪口呆，但似乎馬上就了解琴子的意思。

「啊，原來如此。原來是這樣啊！」

男人笑著從口袋裡拿出手機。

然後告訴琴子：「請稍等一下。我會把您需要的商品調過來。」並且開始打電話給某個人。

「……啊，是我。我是星史郎。」

男人在電話裡自報姓名。

「因為客人要求，所以能不能麻煩你把那個拿過來店裡？就是那個，瀨戶陶器。」

店裡的男人——星史郎正在通話的時候……喀噠，門邊傳來想開門卻沒開成的聲響。仔細一看，戴著針織帽的男子全身僵硬，他一定是想趁現在偷偷逃走。

「哎呀，怎麼了嗎？」

星史郎一說話，針織帽男子尷尬地避開視線。

「沒事……這門打不開……」

「這樣啊，嗯……抱歉，這先交給妳。」

星史郎說完，便把手機交給琴子。

畫面顯示通話對象的姓名是「真暮真司」，而且還在通話中。

聽起來對方正在大喊，因為聲音太恐怖，使得琴子不敢接聽。因此，完全聽不清楚對方在說什麼。之後雖然沒有傳出聲音，但畫面仍然保持通話的狀態。

這種情況下琴子也不敢隨便掛斷電話，只好繼續拿著手機，窺探星史郎的動作。

「門沒關好嗎？嗯——打不開呢！」

走向入口處的星史郎，喀噠喀噠地擺弄拉門。

明明是因為上了鎖才打不開，但他嘴上仍然說「偶爾也會有這種情形呢」一邊假裝開門。然而，對方似乎已經發現門上了鎖。

「喂、喂，我趕時間，快想辦法開門！」

「哎呀——真抱歉讓您久等了……啊，不過，已經沒問題了。」

正當針織帽男子感到訝異的時候，星史郎打開了門鎖。

大門同時也唰地一聲打開。

看起來就像自動開門一樣，但其實並不是。

有人從外面把門打開了。

「什、什麼，你們是什麼人？」

兩名身穿西裝的男人，門一開就徑直走進店裡。

其中一人眼睛細長，相貌端正，看起來高高在上的樣子。年齡似乎和星史郎差不多。

另一個男人看起來像是大學剛畢業，要是染髮的話應該很適合可愛髮夾。順帶一提，雖然感覺很適合，但他其實沒有夾髮夾。

「什麼人？你看不出來嗎？我們是警察。」

高高在上的男人亮出警察證件給針織帽男子看。

「而且，他就是那位鼎鼎大名的真暮警部喔！」

針織帽男子還搞不清楚狀況的時候，不知道為什麼那個很適合髮夾的男人，開始浮誇地介紹那個高高在上的警察。

然而，琴子聽到「那位」警部的時候，仍然不知道是「哪位」，針織帽男子也愣在那裡，看樣子他也不像是什麼有名的人。

只是被介紹的當事人真暮警部，仍然裝模作樣地露出一副「怎麼樣」的表情。

「聽說，這裡有竊盜犯。」

他怎麼會知道？正當琴子覺得狐疑的時候，剛好和裝模作樣的刑警對上眼。

不對，不是我。琴子很想搖頭，但是因為太害怕，所以全身僵硬到連呼吸都有困難。

「是妳嗎？」

「不，不是……」

「真暮先生，怎麼看犯人都不是她吧？」

星史郎一邊苦笑，一邊婉轉地糾正真暮。

星史郎出言糾正之後，真暮嘀咕：「嗯，是這樣啊」，之後便很乾脆地停止懷疑，還真是令人意外地坦率。

解除嫌疑的琴子雖然鬆了一口氣，但也無法完全放心……總覺得當心這個警部才行。

「鼓持，看來犯人就是那個戴針織帽的傢伙。」

「咦——我本來很期待犯人是女生的說……」

「要是敢輕舉妄動，我就把你扭送警局。動手吧！」

「好的，我要搜身囉～」

那個名叫鼓持的髮夾男，慢慢靠近針織帽男子。

「什、什麼？搜什麼身——」

「不好意思，我們店裡有監視器。」

針織帽男子還想說下去的時候，站在一旁的星史郎笑著這麼說。

真是四面楚歌，如果是琴子的話一定會邊哭邊道歉。

然而，針織帽竊盜犯和琴子不同，遲遲不肯認錯。

「可……可惡啊啊啊啊啊！」

竊盜犯發出自暴自棄的怒吼，朝出口衝過去。

鼓持慌慌張張地伸手喊：「啊，你給我站住！」但已經來不及了。

此時，不巧的是琴子就站在出口前。

「滾開，臭婊子！」

就算竊盜犯對著自己怒吼，琴子也只能發出虛弱的慘叫並且擺出防禦的姿勢。阿螢想幫琴子擋下攻擊，但遺憾的是這樣的動作毫無意義。

「琴子！」

阿螢大叫的同時，焦急的男子意圖粗暴地將琴子的肩膀向後推，就在這個時候──「……你這是現行犯。」

靜靜說出這句話的真暮，已經迅速抓住男子的手腕。

就像魔法一樣。

真暮一扭動手腕，男子馬上空轉一圈。

「咕呃……」一回神才發現，犯人已經趴在地上發出蟾蜍被壓扁的聲音。

而且，這些動作都在店外完成，骨董毫無損傷。

「不愧是真暮警部！太厲害了！」

「喔，好厲害。真暮先生，聽說你練過合氣道啊。太帥了。」

看鼓持拚命稱讚真暮，星史郎心想：「我也該捧捧他吧？」

真暮本人一副理所當然的樣子，控制住針織帽男子。

「琴子，妳沒事吧？」

當人類正在興奮於抓到犯人時，阿螢低聲關心琴子的狀況。

「嗯、嗯，我……先不說這個，珊瑚項鍊怎麼樣了？」

「好像沒事喔！」

阿螢回答了憂心忡忡的琴子。

沿著他的視線看過去，鼓持在針織帽男子的口袋中翻找，收回珊瑚項鍊後，大喊：「找到了！」

接下來的處理流程就快多了。

喀嚓一聲為竊盜犯戴上手銬後，直接把人押進停在外面的便衣警車，案件在鬧大之前就得以解決。而犯人則依竊盜罪和暴力現行犯等罪名逮捕。

「哎呀，真是太感謝了。」

琴子在店內無所事事的時候，星史郎回來了。

「我剛好在後面，差點就沒發現有人在偷東西……妳搖響風鐸真是幫了我大忙。沒想到之後還堵住了逃走的路線，真是太令我驚訝了。妳很有本事啊！」

「哪、哪哩，能幫上忙真是太好了……」

「什麼？原來她是有功勞的人啊！」

從旁插入和睦對話的人是真暮。

他似乎是把竊盜犯交給鼓持之後，又折返回來。

「不、不不不不是的，沒、沒這回事……」

「什麼？不是嗎？」

「大、大概吧……」

「到底是還不是？哪一邊啊？」

嗚……琴子整個人都僵住了。

當琴子不禁眼眶泛淚的時候，阿螢在耳邊鼓勵她：「冷靜點，反正他也不會吃了妳。」

但是，琴子不知道為什麼，就是覺得這名刑警很可怕，就像自己真的有可能被吃掉一樣。

或許是弱者面對強者時的生物本能，琴子的心臟狂跳，感覺就要爆炸了。

真暮裝作沒有發現琴子的害怕，說了句「算了」便就此打住。

「總而言之，女人！」

「呃，是……」

「很少有人能參與逮捕現行犯的現場……妳還真走運！」

真暮只說了這句話就轉過身去。

沒想到這麼簡單就能從緊張感中解脫，琴子因為這樣的反作用力而失了神。

「不過，你竟然能想到用『瀨戶陶器』[1]暗示，還真是機靈啊！」

「畢竟竊盜犯就在我面前，沒辦法直說。所以我想用同音詞你應該就知道了。」

「當然，我理解力很強啊！話說回來，之前那件事怎麼樣了？」

「啊，抱歉，我也有點困擾……」

真暮和星史郎兩個人的話題越聊越遠了。

1. 日文的「瀨戶」（sedo）的發音類似「竊盜」（settou）。

「嗚啊啊啊，嚇死我了啦！」

珊瑚項鍊從竊盜犯那裡找回來，已經放在桌上了，旁邊有一條紅色的魚，輕飄飄地游在半空中並放聲大哭。那是項鍊的付喪神。

「已經沒事了。」

「謝謝妳。真是幫了我大忙！妳要不要帶我回家啊？」

「不、不行，我沒有錢……」

「這樣啊，那就把那個胸針拿去當啊。」

「喂！魚類！別開玩笑了。像妳這種華麗的裝飾品，跟樸素的琴子一點也不搭啦！」

「蛤？你自己還不是閃閃發亮！」

付喪神們開始你一言我一語地吵起架來。

阿螢的話甚至無意間戳中琴子，琴子告訴自己，反正樸素是真的，平常就這樣，所以不需要在意。雖然很難過，但不需要在意。

「這塊血紅珊瑚，成色很不錯吧？」

過一會兒，星史郎從琴子背後走過來。

便衣警車應該已經離開了。最近的汽車都採用靜音規格，所以開走的時候也經常沒人發現。

「呃……血紅……什麼？」

「珊瑚有白珊瑚、紅珊瑚等種類……其中紅珊瑚的顏色有濃有淡，根據顏色濃淡分成不同等級。」

星史郎溫柔地捧起項鍊對琴子說明。

「紅珊瑚越接近黑色的話，色澤就越濃，價格也越貴。之所以會叫做血紅珊瑚就是因為它是色澤最深，宛如鮮血般的赤黑色珊瑚，其中又以日本高知縣產的最為高級。這條項鍊，就是用高知縣產的血紅珊瑚製成的。」

「那一定很貴吧？」

「是啊，畢竟是成色均勻又沒有蟲蛀的上等血紅珊瑚嘛！最近在中國似乎很受歡迎……不過，跟妳身上的胸針應該不相上下喔！」

「咦？」琴子沒想到會提起阿螢的胸針，不禁發出模糊的聲音。

「這是一塊上好的骨董胸針呢！如果我的問題太失禮，還請妳見諒，不知道妳是在哪裡購得的呢？」

「那、那個……在這裡……」

星史郎聽到琴子的回答，愣了一下。

「大概八年前，我曾經來過這裡。那時候收下的……」

「啊，八年前的話，妳該不會是見過我爺爺吧？」

「爺爺？」

「我的爺爺是上一任店主，現在由我繼承這間店。」

星史郎說完便露出輕柔的微笑。

星史郎溫柔的笑容與和藹的氛圍，的確有當時那位老爺爺的風範。

「這樣啊……那今天您的爺爺不在店裡嗎？我今天是……雖然晚了好幾步，但我是為了這枚胸針來道謝的。」

琴子拿出自己帶來的伴手禮。

結果，星史郎一臉為難的樣子。

「……妳的確是……晚了一步啊！」

「呃、啊，對、對不起，說得也是，都已經八年了……」

「不，我不是這個意思……我爺爺，已經過世了。」

「咦？」

「他是去年過世的，已經快一年了。」

星史郎尷尬地搔搔頭，告知琴子實情。

「啊……死掉了啊。」
第一個開口的是阿螢。
當然，只有琴子聽得到。
「也是，他本來就很老了……不過，還是想在最後跟他說句話啊……」
「對不起……阿螢……我要是早一點來……」
儘管星史郎就在眼前，琴子回過神來才發現自己已經在向阿螢道歉。
自己如果能更早提起勇氣，阿螢就能見到老店主了。
正當琴子沉浸在後悔的情緒時——
「那個……妳該不會能和付喪神說話吧？」
星史郎一問，琴子就整個人僵住了。
「呃、呃……為、為什麼這樣說？」
「我覺得妳剛才應該是在和付喪神說話。」
星史郎露出微笑。
因為他令人安心的溫和表情，讓琴子怯生生地點了點頭。
「果然是這樣啊！」看到琴子的反應，星史郎也點點頭表示理解。
「剛才目擊竊盜犯罪現場的時候，妳的應對也是……明明只有一個人，卻處理得有條不紊，我還覺得有點不可思議。不過，應該是妳和付喪神們一起合作的結果吧？」

「是、是的。那個……你知道付喪神嗎？難、難道你也看得見、聽得到……」

琴子這麼一問，附在周邊骨董的付喪神們突然開始嘈雜起來。好像是想讓星史郎發現自己在這裡。

然而，星史郎搖搖頭。

「很遺憾，我看不見也聽不到。」

「這……這樣啊……」

「不過，我知道有這樣的人。因為我爺爺就是。」

「對啊……他是我第一次見到除了自己以外，能夠看見付喪神的人……那個，請節哀。」

琴子靜靜低頭致意。

然後遞上伴手禮。

「您不介意的話，請把這個當作您爺爺的供品吧！我今天就先離開了。」

「啊，妳要走了嗎？」星史郎挽留的動作，彷彿不想讓琴子離開。

「嗯……怎麼辦呢……」星史郎一邊自言自語，一邊抱著手臂苦惱。

琴子搞不清楚狀況，正在煩惱該怎麼應對時——星史郎突然拉起琴子的右手。

「呀啊?!」

因為太驚訝，讓琴子的聲音都變調了。

星史郎用雙手緊握琴子的手，沒有要放開的跡象。

肩上的阿螢驚訝得全身僵硬，但也馬上暴跳如雷地大罵：「喂，少在那裡裝熟，不准碰琴子！」當然，這些怒罵和拍打的小手，星史郎都感覺不到。

「什、什、什麼事……」

「那個……初次見面就拜託妳，我覺得很抱歉也知道不太合理……但我想借用妳的能力。」

「我、我的、能力？」

雖然臉頰宛如被夏日陽光直射般發燙，但琴子還是不自覺地反問。

星史郎以認真的眼神凝視琴子，加強握手的力道，用力點了點頭。

「是的，請幫助我。我想借用妳的能力——能夠看見、聽見付喪神的能力。」

第二章　受詛咒人偶的證詞

暌違八年造訪骨董店的幾天後，琴子再度前往鎌倉。

——「我想借用妳的能力。」

琴子有生以來第一次，聽到別人這麼說，這樣拜託自己。

所以，她回答：「如果我能幫得上忙的話……」表示答應了星史郎的請託。

「是一椿和骨董相關的案件，真暮先生要我幫忙。」

從八百萬骨董堂前往案發現場的西洋建築途中，琴子聽見走在身邊的星史郎說出那個名字，不禁停下腳步。

「……真暮先生是那位警部嗎？」

「對。就是之前逮捕竊盜犯的那一位。」

不知道是不是琴子的表情太不自然，星史郎覺得很奇怪。

「琴子小姐……難道妳害怕真暮先生？」

「呃……那個……是啊。他……有點恐怖……」

「這樣啊！不過，妳別看真暮先生那個樣子，他其實是個好人。妳不需要怕他。」星史郎露出微笑。

因為他令人安心的表情，讓琴子再度邁開步伐。

「那個，可是……和骨董有關的案件……我幫得上忙嗎？有星史郎先生在，應該就夠了吧……」

雖然才繼承骨董堂不到一年，但星史郎一直都跟著身為前一任店主的爺爺學習。如果是從小就像學徒一樣在師傅身邊學習，那他的眼光應該不是虛有其表。

相對而言，琴子雖然能看見、聽見付喪神，但對骨董卻一無所知。儘管在大學研究付喪神，不過那些也並非骨董專業，而是屬於民俗學領域的知識。

其實，琴子認為自己應該幫不上什麼忙。

「如果是一般骨董的話，的確如此。」

「所以不是一般骨董嗎？」

「據說是『受詛咒的人偶』喔！」

「詛咒？」

琴子覺得很疑惑，星史郎一臉苦惱地點了點頭。

「在西式建築裡的老舊西洋人偶，每天晚上都會動來動去，不停嚇人。真幕先生特地把它命名為『受詛咒的西洋人偶事件』。」

還真是個奇怪的名稱。

「我可以分辨骨董的真偽，至於有沒有受詛咒，我就是門外漢了……所以我才想藉助琴子小姐的能力。」

「琴子對詛咒也沒轍啊！」

在琴子肩上聽完這些話的阿螢突然插嘴。

因為只有自己聽得見，琴子便繼續和星史郎對話。

「所以，也就是說，你想要我去問西洋人偶的付喪神對嗎……」

「沒錯。因為是歷史悠久的西洋人偶，一定有付喪神。那棟西洋建築裡還有很多其他的骨董，我想琴子小姐或許能問出詛咒的真相。」

「喔！琴子，這妳就很擅長了吧？」

「如果是這樣的話，我確實可能幫得上忙……」

琴子同時回答阿螢和星史郎。

走了數十幾分鐘，琴子等人便抵達案發現場的西洋建築。

一進大門，就看到周圍開滿或粉或紅、各種顏色的玫瑰。

「哇……」

琴子看到如此華麗的庭園，不禁發出陶醉的驚嘆。現在是六月中旬，正好是花開的季節。阿螢也緩緩舞動翅膀，似乎心情很好。穿過白玫瑰組成的拱門後，有一棟白牆搭配藍屋頂的西式建築。星史郎打開門扉，琴子戰戰兢兢地走了進去。

真暮已經在屋裡了。

「等你好久了，過來這裡吧！」

真暮略過不禁嚇得後退的琴子，繼續往屋內深處走去。

因為星史郎隨真暮前行，琴子沒辦法只能跟在後面。

「哎呀，又有客人？」

「歡迎來到吉野家，請慢慢逛喔！」

在寬廣的玄關內，最初開口的是裝飾在入口上方的西洋繪畫以及花瓶的付喪神。一位是戴著大禮帽的紳士，另一位則是穿著禮服的夫人。

琴子低聲回答「打擾了」讓付喪神們興奮了起來。

「哎呀哎呀，妳聽得到我們的聲音呢！」

「如果這位小姐在的話，說不定就能解決這場騷動了！」

背後傳來符合西洋建築風格的付喪神們說話的聲音，琴子一邊擔心他們對自己過度期待，一邊追上真暮和星史郎的腳步。

沿著和外牆一樣雪白的走廊前進，不久就抵達大廳。

「啊～真暮警部！骨董堂的人已經到了啊！」一到大廳，鼓持刑警就急忙跑過來。

一臉想求救的樣子。

「大家吵著要我趕快解決！」

在這個大廳裡，一臉為難的鼓持身後，共有六名男女。

年齡從二十幾歲到八十幾歲的人都有，他們都是經常進出這棟洋樓的人。

「這樣啊，交給我吧！反正很快就解決了。」

「拜託了，真暮警部的名推理！」

真暮獨自走過為自己助威的鼓持身旁，看起來沒有一絲膽怯之意，威風凜凜地朝大廳中央前進。

「啊，是上次那個女孩！妳好～我是鼓持康隆，今年二十六歲，正在積極徵女友喔！」

「喔，超會拍馬屁的鼓持刑警。很遺憾，我們琴子不缺男友。」

「對了，妳叫什麼名字？上次沒問妳對吧？」

「琴子，隨便告訴他一個假名。反正妳隨便說，這傢伙都會相信。他這麼輕浮，頭腦應該也很簡單。」

「我叫後、後田琴子……」

鼓持開心地來問自己的名字，結果阿螢反應超冷淡，這讓琴子不禁一邊苦笑一邊回答本名。「這樣啊，妳叫做琴子啊！」鼓持笑著說。

雖然不知道他是不是真的頭腦簡單，但輕浮倒是真的。

「那個，鼓持先生，有問題的西洋人偶在哪裡？」

「啊！這裡、在這裡！」

星史郎一問，鼓持急忙為兩人帶路。

吊著水晶燈的大廳裡有一扇大窗，彷彿掛在入口處那幅畫般，框住庭院裡的玫瑰，而真暮就站在那扇窗前。鼓持遠遠地沿著六名男女背後的牆壁前進。

從剛才到現在，六名男女都沒有把視線放在琴子身上。大概是因為真暮太顯眼了吧！

一邊慶幸沒人注意到自己，一邊跟在鼓持身後的琴子，目光被現場的日常用品吸引。

大廳只是個寬敞的空間，擺放的物件很少……不過，每一件似乎都是擁有悠久歷史的骨董，也都附著付喪神。

天井上的水晶燈和燭台樣式的立燈周邊，有水母優雅地飄動；其中一扇嵌著彩色玻璃的窗戶旁，可以看見彷彿在跳舞似的熱帶魚群；屋內的一角有個窄口花瓶，單插一朵庭院裡的玫瑰；一旁有隻嘴巴像花瓶的海馬，一臉寂寞地在那裡緩緩搖動。

琴子繼續在屋內前行，陸續出現更多付喪神。

最有存在感的演奏鋼琴椅旁，有位宛如巴哈、莫札特的鬈髮音樂家；在有光澤的貓腳桌旁邊，坐著一隻優雅的白貓，白貓一看到琴子，就喵地叫了一聲。

「小貓……」

愛貓的琴子不禁放鬆緊繃的臉頰喃喃自語，白貓似乎嚇了一跳，整個豎起毛來，尾巴僵成一條直線，伸長前腳，弓著背警戒。

「喵啊……音、音樂家！這位客人看得到我喵！」

「喔，這還真驚人！害我差點就敲響鋼琴鍵──啊，等等。我有作曲的靈感了！靈感爆發啊！」

「現在不是作曲的時候吧！」

「不，這是描寫這場邂逅的曲子。貓咪小姐，這很重要啊！」

「這就是受詛咒的西洋人偶。」

無視於貓和音樂家兩個付喪神慌張的對話，鼓持停下腳步開口說明。

他好像很害怕，從喉結的動作可以看出他吞了一大口口水。

琴子順著鼓持的手勢，看往貓腳桌的桌面上看。

那裡坐著一名面貌優雅的藍眼少女。

這尊美麗的西洋人偶身穿以米白色蕾絲和大量綢緞製成的奢華洋裝，戴著大帽簷的帽子。大小和人類的嬰兒一樣，非常有真實感。

旁邊插著一朵玫瑰，但沒有看到付喪神的身影。看來只有插花用的花瓶不是骨董。

「嗯嗯，法國人偶……陶瓷娃娃啊……這個，可以摸摸看嗎？」

「嗯，可以。主人已經同意了。」

「那我就失禮了。」

得到鼓持同意後，星史郎便戴著白手套觸摸這尊陶瓷娃娃。

他輕輕把金色的頭髮往後撥，檢查脖子後方周邊。

「啊，這果然是『布琉』娃娃。不是複製品，也不是重新生產的商品，而是骨董娃娃。」

「布、布琉？和布丁有關係嗎？」

鼓持眨著眼睛詢問，星史郎一臉傷腦筋的樣子回答：「沒有。」

「布琉是十九世紀中期到末期之間，生產美麗人偶的製造商。」

星史郎指著人偶的頸後說：「像這裡還有身體、腳底都有品牌名稱喔！」

「而且，這孩子是布琉製的原版骨董娃娃，不是復刻版，也不是模仿原版的再生產商品，是非常罕見的逸品呢！」

「這樣啊~那一定很貴囉？」

「按這個良好的保存狀態看來，應該不低於數百萬吧？」

「數……數百萬？」

無意之下問到價格的鼓持，整個人驚訝地向後仰。

琴子在他背後盯著這尊西洋人偶。

……正確來說，應該是盯著一臉不安抱著西洋人偶的少女付喪神。

「嗨！打擾了！」

「……你也是付喪神吧？」

阿螢打招呼之後，少女抬起頭回應。

不過，少女看起來似乎很悲傷。和面帶微笑的西洋人偶形成對比。

「是啊，我叫阿螢。」

「是喔。我叫艾莉絲。」

「然後，這傢伙是我的主人琴子。她能看見付喪神的樣貌，也能聽到我們的聲音，是這個世界上非常罕見的寶貴人類喔——」

「你說的是真的嗎？」

不等阿螢把話說完，艾莉絲就立刻起身。

艾莉絲的身材幾乎和人偶一模一樣，眼睛也是藍色的。雖然擁有西方人的外表，但嘴裡說的是日語。不過，艾莉絲的用字遣詞比外表更成熟，這一點和阿螢很像。或許是因為依附的物品本身就年代久遠吧！

琴子對艾莉絲點點頭。

她的表情瞬間亮了起來。

「太好了，那妳就能夠幫我證明了。我才不是受詛咒的西洋人偶！」

「哇！剛、剛才人偶是不是動了一下？」

鼓持像蝦子一樣迅速往後退。

放下西洋人偶的仔細觀察的星史郎，看到鼓持的反應覺得很疑惑。

「是嗎？娃娃的確做得栩栩如生，好像隨時都會動起來一樣。」

「果、果然，詛咒是真的……？」

「才不是！我才沒有被詛咒！真的啦！我是說真的！」

「那、那個……」

看到艾莉絲拚命反駁的樣子，琴子忍不住開口。

原本望向人偶的鼓持和星史郎，同時將視線轉到琴子身上。

「嗯？琴子同學，怎麼了？」

「呃、就是……可以詳細說明一下受詛咒的事情嗎？」

西洋人偶的付喪神堅持自己沒有受詛咒。

於是琴子很在意，究竟是怎麼一回事。

「啊……好像是……請等我一下！」

鼓持窸窸窣窣翻找胸前的口袋，掏出警察證件時嘀咕「不是這個」又把證件收回去。接著才拿出看起來就像是刑警會用的黑色皮革筆記本，並且翻開來查看。

「是這樣的……根據被害者和子夫人的陳述，這個人偶每天晚上都會動。會站起來一個人唱歌，一個人跳舞，一個人舉辦茶會。」

「妳幹嘛，孤單寂寞啊？」

「就說不是我了啊！我一點也不孤單好嗎！」

「那、這也沒什麼詛咒的感覺吧……」

在付喪神互相爭執的時候，星史郎苦笑著評論。

「我還以為是有人生病、受傷或是發生什麼不吉祥的事情。」

「啊，有啊！」

聽到鼓持這樣一說，星史郎頓時僵住，琴子也忍不住側耳傾聽。

「有因為驚嚇跌倒造成的扭傷、瘀青，另外還有精神耗弱之類的心理傷害。最近據說還聽到人偶開口說『媽媽，爸爸要去哪裡？』之類的話。」

「啊，是這種內容……」星史郎貌似有點安心地苦笑。

「雖然實際上的確有受到損害，但說這是詛咒還是有點誇張對吧？」

「我和馬屁刑警有同感。」

阿螢點頭，表示贊同鼓持的意見。

的確，不需要仔細思考也知道，並沒有發生像詛咒一樣可怕的事情。琴子認為單從西洋人偶的行動來看，甚至還讓人覺得滿可愛的。

感覺這個情況非常奇特，該怎麼說呢……

「而且，好像還有東西被偷。」

「好像？」原本興致勃勃地欣賞人偶的星史郎抬起頭問。

「雖然被害人說是因為詛咒才消失，不過警方認為應該是被偷了。」

「什麼東西被偷了呢？」

「好像是婚戒。以當時的市價來算，價值大概不到百萬圓的戒指。」

「不到百萬圓？」聽到鼓持這句話，星史郎感到納悶。

「那個……被偷的東西只有婚戒？」

「是，只有戒指……你也覺得很奇怪吧？」

「是啊。畢竟，這棟房子裡有這麼多值錢的東西，其他一概不碰，只偷了價值不到百萬圓的婚戒……就連這尊人偶，只要找到買家，價值應該是婚戒的兩倍。」

「會不會是被不熟悉骨董的人偷走？總之，夫人提出有異樣的地方，只有這尊人偶，能不能幫我仔細看看？」

在鼓持的催促下，星史郎開始確認人偶的細節。

「婚戒價值不到百萬圓啊？」

阿螢一副很意外的樣子。

「那是住在這種豪宅裡的夫妻的婚戒吧？少說也要來個價值千萬圓左右的吧？」

的確是這樣沒錯，琴子也輕輕地點了頭。

現在節省婚禮費用的夫妻並不罕見，但住在吉野家的夫妻應該另當別論。畢竟光看這棟豪宅就能窺探到屋主奢華的生活，也讓人不禁想像，當初婚禮應該辦得非常風光氣派。

對一般人來說，價值百萬圓的戒指雖然不便宜，但以婚戒來說，這個金額感覺好像不太乾脆。

因為人偶的詛咒而丟失戒指……考量和子夫人並沒有直接受到傷害，琴子認為不需要按字面解釋「詛咒」的意思。

一定有犯人計畫這次的案件。

「星史郎，鼓持。」

此時，真暮叫住兩人，而且還向他們招手。

被徵召的兩人直接走向真暮，只剩下保持警戒的琴子留在原地。雖然鬆了一口氣，但心情仍然很複雜。

「我來這裡真的有意義嗎……」

「有！」

艾莉絲立刻反駁琴子的喃喃自語。

「琴子，沒有其他人比妳更有意義！妳知道那個警部有多糟糕嗎？」

「咦，糟糕……？」

艾莉絲悲壯地搖搖頭。接著，艾莉絲用一句話總結真暮在琴子等人來之前的推理。

「那種推理絕對找不到犯人！這輩子都會在迷宮裡兜圈！」

艾莉絲說得斬釘截鐵。

為什麼？琴子正打算問艾莉絲的時候……

「讓各位久等，真的很抱歉……我好像有點誤會了。這次我一定會挖出事情的真相！」

真暮的推理，就從這句話開始。

在場的所有人都露出「又來了」的表情。有人嘆氣、有人受不了地搖搖頭……面對這些毫不掩飾厭煩的聽眾，真暮的態度絲毫沒有動搖，依然搭配誇張的動作說明。

「直到和子夫人察覺異常之前，在這棟房子出入的人——沒錯，所有人都曾經在這裡走動……然而，其中有人非常不自然。而且，就在這個人來過之後，西洋人偶就開始動了……」

真暮慢慢移動一雙長腿在大廳走動，漸漸靠近這群有嫌疑的人。

「也就是說，使用西洋人偶騷擾夫人的犯人就是……」

接著，他就像是計算好似地，走向其中一人。

「犯人就是你──大船戶！」

「不是我！」

被指為犯人的高大男子大船戶立刻否定。

他一把抓住真暮指向自己的臉、彷彿要戳中鼻子的手指，一副嫌礙眼的樣子，把手指撥到一旁。

「警部先生，拜託你認真一點！我們也沒那麼閒啊！」

「真暮警部隨時都竭盡全力啊！」

鼓持從中介入，替真暮護航。

遠遠看著一切的琴子肩上站著阿螢，他盯著遠方說：「用盡全力還這樣，真的很令人受不了啊……」這一點琴子也表示同意。

「那個……為什麼今天會找其他人過來呢？」

「當然是要參考專業人士的意見啊！」

和子夫人看著星史郎問了問題，真暮便從鼓持的背後回答。

「那專業人士和這位警部說了什麼呢？」

「呃……這個嘛……這個……」

被夫人這麼一問，星史郎一副很傷腦筋的樣子抓了抓頭。「因為有保、保密義務……所以……」星史郎支支吾吾地說。

「在你們來之前，也曾經出現一模一樣的場景。」艾莉絲一邊嘆氣一邊說明。「一開口就說：『犯人是吉野！因為你是和子夫人的先生！』他根本沒有好好推理，秘書早川要求說明，結果他又說：『妳是共犯對吧！』光是回想我就頭痛不已……」

聽到這些，琴子的肩膀都要垮下來了。

……原來如此，這樣下去，就算一輩子都無法解決也不奇怪啊！

「沒有像現在這樣吵鬧嗎？」

「可能是第一次吧？大家都愣住了，或許是以為他在開玩笑。」

「可是，之後大家都發現他是認真的了。」

接著阿螢和艾莉絲之後，鋼琴付喪神像在唱歌一樣加上這一句。

「大家都誠心期盼各位的到來喵……可是，再這樣下去的話……」

喵嗚……貓腳桌的付喪神貓咪小姐嘆息似地發出叫聲。

「那裡的葉形海龍本來也放在我身邊，現在已經被移到角落了……」

「葉形海龍？」往艾莉絲指的方向看去，放置在屋內一隅、插著單枝玫瑰的花器旁，一隻海馬付喪神露出臉來。

從他寂寞的眼神看得出來，他也想回到原本的位置，回到原本熱鬧的地方。

「很美的細口花器對吧？夫人都會在那個花器裡插花，這朵玫瑰也是。夫人總是讓我欣賞這個季節最漂亮的花。」

艾莉絲開心地說完，一臉抱歉地朝葉形海龍的方向揮了揮手。

「……但是，他們說要是我真的動起來砸破花瓶就糟了，所以前幾天櫻木親自把花瓶移到角落。這裡的花瓶是砸破也沒關係的替代品……可是我根本就不會砸破花瓶啊……」

「這樣啊……所以才會露出那麼寂寞的表情啊……」

「所以啊！琴子拜託妳想想辦法！」

「嗯……妳叫我想我也……我從來沒有推理過啊……雖然我是文科的學生，但是對懸疑之類的小說也不熟悉……」

「所以辦不到。」琴子正打算拒絕。

然而，屋內的付喪神們紛紛勸阻「不、不」、「妳一定可以的啦！」、「如果是妳的話就沒問題！」

「為、為什麼我一定沒問題？」

琴子不懂為什麼付喪神們如此斬釘截鐵，所以反問。

接著，艾莉絲代表在場的付喪神，認真地回答：

「因為我們知道犯人是誰啊！我們會告訴妳真相！」

「咦？犯人真的是那個人……嗎？」

聽到艾莉絲指認的犯人，琴子不敢置信，於是接著反問。

「對，沒錯。原因就是我剛剛說的那樣。」

艾莉絲和付喪神們的說明的確沒有任何矛盾之處，琴子也不得不認同。

既然已經知道犯人是誰，妳只要把真相說出來就可以了……這就是艾莉絲和其他付喪神的想法。

話雖如此，琴子也沒辦法照他們所說的去做。

「就、就算你們說的人真的是犯人，我要怎麼證明啊？我如果說那個人就是犯人，大家一定不會相信，對方要是反駁也沒辦法說明啊……」就算按照剛剛聽到的內容解釋，現場也不知道會不會有人相信。想到這裡，琴子就覺得自己不可能指證犯人。雙腳就像被綁在原地一樣，動彈不得。

就在琴子猶豫不決的時候，真暮已經開始第三次推理，不過最後還是像斜上角的暴投一樣，以令人失望的謎樣推理告終。

（怎、怎麼辦……再這樣下去，真的不知道什麼時候才會結束……）

窗外的天色漸暗，琴子再度望向整個大廳。

現在，大廳裡有十個人。

其中有四位是解決案件的重要人員。真暮警部、搭檔鼓持刑警、和骨董相關所以被叫來諮詢的星史郎，還有在星史郎拜託之下同行的琴子。

其餘六位當中，有一位是本案的被害人，剩下的五名就是嫌犯。

（那就是被害人和子女士……）

琴子的視線望向本案的被害人——年約四十五歲的女性，她雙手交疊、不安地站在窗邊，這位就是這棟西洋建築的女主人——吉野和子。

（然後，從距離她最近的嫌犯開始，依序是……）

入贅吉野家的貿易公司社長，與和子同年齡的丈夫——吉野大介。

從以前就在這種西洋建築工作的老傭人——櫻木。吉野夫婦大學時期的友人——大船戶。

大介的妙齡女秘書——早川。

最後是經常出入這種西洋建築的宅配小弟——平間。

（曾被當成犯人的人，除了大船戶和櫻木……還有和子的丈夫吉野先生。）

按照付喪神的說法，真暮第一次推理時的嫌犯是吉野先生，原因是，丈夫對妻子有諸多不滿。

……與其說是誇張的偏見，不如說這是扭曲的婚姻觀念。雖然不知道真暮已婚還未婚，琴子都覺得當這個人的妻子一定很累。

「警部完全沒有考量不在場證明吧！」

「應該是說，你都靠直覺隨便亂猜吧？」

吉野先生和秘書早川一起抨擊真暮。

被當作犯人的大船戶和櫻木也接著表達不滿。

「大家冷靜一點！」鼓持跳出來為真暮擋下攻擊。

在場的嫌犯會想要抱怨，其實也是無可厚非，再這樣下去，每個人都會輪流成為犯人。

而且，真暮一臉沒事的樣子，看起來完全沒有在反省。

（我本來以為警部先生的推理會更有邏輯一點……）

琴子內心湧現既驚訝又失望的複雜情緒。

原本以為那位自信滿滿的真暮，至少在第三次的時候可以猜到犯人，然而，事情並沒有那麼順利。

就現狀來看，真暮的推理和琴子所知的犯人根本勾不到邊。

（如此一來，只能由我揭開真相了嗎……）

如果沒辦法期待真暮解謎……那就只能把自己知道的真相說出來了。

然而，琴子和真暮不同。就算知道正確解答，琴子這一生中也不曾在上課時舉手回答。就算喝得酩酊大醉，琴子也沒辦法像真暮那樣自信滿滿在其他人面前推理。

因此，琴子認為自己得先向星史郎商量。

然而，因為真暮的謎樣推理造成現場陷入混亂，星史郎正和鼓持竭盡全力在安撫大家。他沒有注意到琴子的視線。琴子雖然急著想叫喚星史郎，但聲音就是卡在喉嚨出不來。

「那個……我們可以走了嗎？」

抗議的嫌犯之中，有人這樣說。

那是至今一言未發的宅配小弟——平間。

「我送貨的工作已經延誤很久了。」

「不只是他，我們也沒那麼閒。反正你也沒有可以拘留我們的書狀吧？」

大船戶的這句話，讓琴子鬆了一口氣。

如果能暫時解散，就能告訴星史郎真相，之後就萬事大吉了。

然而，事情並沒有這麼順利。

真暮一臉嚴肅，像幅畫似地抱著手臂站在那裡，然後緩緩搖了搖頭。

「鼓持，你已經保留大家明天晚上以前的行程了吧？」

「是的，沒錯。」真暮這樣一說，鼓持馬上舉起手翻著筆記。

「首先，明天是平日，所以各位應該本來都有排工作對吧？」

鼓持這樣確認時，所有嫌犯都一起點頭。

「我就說吧！」鼓持滿足地點點頭，接著說明：

「不過，因為相關人員的幫助，各位到明天晚上為止的行程都已經空出來了。順帶一提，平間先生的送貨工作會有其他人來接替。」

「咦，真的嗎？這樣……算幸運嗎？」聽到鼓持這麼說，平間有一瞬間很高興，但後來又露出很複雜的表情。他似乎不知道該怎麼判斷現在的狀況，到底該不該高興。大船戶也表示：「怎麼可能？」接著馬上打電話到公司確認。然而，不知道是不是因為鼓持所言不假，最後露出吃到重鹹食物的表情掛掉電話。

吉野先生則向美女秘書早川確認：「早川，我的工作沒問題嗎？」早川一臉抱歉地回答：「社長的工作在家裡也可以完成……」聽到秘書這麼說，吉野先生也抱著手臂悶哼。

「對了……雖說各位的行程都沒問題，不過天色已經暗了。各位要怎麼回家呢？該不會是要住在這裡吧？」

「我就當作您的意思是可以讓我們留宿囉？」

吉野先生說完之後，真暮馬上接著提出要求。

「我們或許能夠親眼目睹西洋人偶動起來的一幕。」

「不，警部先生，這個……」

「為了確保和子夫人的安全以及盡快解決這起案件，請您務必配合。」

「我太太的安全嗎……嗯……」

不知道是不是敗給真暮強勢的語氣，吉野先生瞄了和子夫人一眼。決定權似乎在和子夫人身上。

夫人輕輕點頭，回應丈夫的眼神。

琴子遠遠看著大廳裡的嫌疑人發愣。

「這、這個意思，該不會是……」

「進入延長賽了呢！」

聽到阿螢這麼說，琴子感覺快要昏倒了。

正當琴子心想，又要重複一樣的戲碼了嗎……

「那個，各位似乎從中午過後就一直這樣站著說話，要不要先休息一下？」

星史郎向真暮提議。

嫌疑人與和子夫人都強烈表示同意，點頭如搗蒜。

「休息嗎？」

真暮稍微看了一眼手錶。

和子夫人彷彿早就計畫好似地開口說：

「已經下午五點了。如果各位要留宿，那櫻木得快去準備……而且我也要做晚餐才行，這個人數的話可是個大工程。」

「啊～您不需要擔心我們的餐點～」

鼓持的口氣完全和自己說的話相反，一副很明顯在期待晚餐的樣子。

「我們夫人可是料理研究家喔！」

艾莉絲語帶自豪地說。

「嘴上雖然說是浩大工程，但心裡一定很渴望大顯身手。」

「……艾莉絲很了解和子夫人對吧！」

琴子低聲詢問，艾莉絲以溫和的表情點點頭。

「是啊，畢竟我們一直都在一起。二十年過去了，我們還是在一起。」

當晚，吉野夫婦和八名相關人員都要一起住在吉野家。

必須外宿的琴子，向父母說明時非常辛苦。

原本以為和父母說自己與警察一起，父母就能安心，沒想到反而讓他們更加不安。因此琴子改用「離開鎌倉看來還要花一段時間，所以決定住在女生朋友家」這樣還不算說謊的內容，矇混過關。

「該不會是男的吧……」電話那頭的父母很詫異。

女兒正值青春年華，會有這種猜測也是情有可原。

然而，由和子夫人接聽電話並解釋：「令千金會在寒舍過夜。」琴子的父母似乎就完全相信了，雖然心不甘情不願，但也答應了外宿的請求。琴子其實很想回家，但事情變成這樣也無可奈何，在星史郎發表「休息宣言」的兩小時後，大家開始吃晚餐，而且還是全員到齊，一起用餐的詭異狀態。

一如艾莉絲所言，和子夫人的料理技巧非常好，在鋪有白色餐巾的長桌上，為數眾多的手作料理，已經不只是一般家常菜，而是達到餐廳料理的水準。

「哇，真好吃……」

琴子不禁脫口而出，手邊餐具的付喪神都一起熱鬧起來，嚷嚷著「對吧、對吧！」盛裝美味料理，而且料理又被稱讚，對他們來說好像是一件非常開心的事。

「啊，合妳胃口真是太好了。」

聽到琴子的讚嘆，和子一邊坐進右邊的空位一邊對琴子說。

和子夫人似乎已經結束料理的工作，從廚房回到餐廳。

以為沒有人聽到的琴子，嚇得全身僵硬，和子夫人則微微一笑。

「……如果艾莉絲不是人偶，現在應該和妳差不多年紀呢！」

「咦？那個……艾莉絲是那尊西洋人偶的名字嗎？」

「是啊，我和那孩子已經相伴二十年了。我二十歲的時候結婚……在那之後沒多久，我先生到法國出差的時候買給我的。」和子夫人瞄了丈夫一眼。

因為他坐在長餐桌的斜對角，好像聽不見琴子和夫人的對話。

「您一定很細心照顧那孩子。」

聽到琴子這麼說，和子夫人眨了眨眼。

「哎呀……妳看得出來啊？」

「對、對啊……雖然只是感覺……您還插了漂亮的花呢！」

琴子把艾莉絲說過的話，加入回答裡。

「是啊。」和子夫人溫和地點了點頭。

「我沒生小孩，所以一直把那孩子當作自己的女兒般疼愛。」

「難怪，看得出來被照顧得很好啊！」

坐在琴子左手邊的星史郎這樣回答。

星史郎雖然一直在旁邊點頭，但視線卻一直朝向手裡的銀製叉子。眼神比銀器還閃亮。

「人偶的狀況非常好，這些西式餐具也是……」

「是嗎？這些東西並不貴啊！」

「這些銀器都是『博藝府家』的產品對吧！這是出自法國最頂級金銀工坊的銀器，看起來都照料得很好，實在是絕品啊……」比起料理，星史郎好像更沉醉於銀器。

他一副馬上就要拿出鑑定用的放大鏡的樣子，看在和子夫人眼裡，心情應該很複雜。於是，她露出非常微妙的笑容。

「老頭的孫子，真的有好好為將來打算呢……」

琴子肩上的阿螢，目不轉睛地盯著星史郎看。

老頭的孫子，指的就是星史郎。

因為是骨董堂老店主的孫子，所以才這樣稱呼他。阿螢似乎見過孩提時代的星史郎，不過看到年長十歲的星史郎被當成孩子，琴子感覺快要搞不清楚自己的立場了。

「但願……一切都沒問題……」

剛才在等待和子夫人的料理時，琴子終於把付喪神所說的犯人告訴星史郎。

「沒有會動的機關嗎？」、「有沒有發現可疑的地方？」真暮一直來問星史郎關於西洋人偶的細節，後來警察署來電，真暮便暫時離開座位。琴子趁這段時間把真相告訴星史郎。

——「這樣啊！雖然有點麻煩……不過，我們來擬訂讓真暮先生發現真相的作戰計畫吧！」

然而，就在星史郎了解來龍去脈之後，真暮馬上就回來了，所以完全無法討論作戰計畫。

「我很擔心他是不是完全忘記妳說的話，還有作戰計畫的事情，再這樣下去，如果明天還是沒找到犯人，事情會演變成什麼樣子呢？」

阿螢的話讓琴子感到不安。

雖然最後還是能離開，但琴子未來並不想再被捲入。畢竟光是今天就已經很令人憂鬱了，但願不會再有第二次。

而且，自己也已經接受艾莉絲和其他付喪神們的請託了，真希望能盡快解決這件事。

——「把西洋人偶賣掉吧！」

吉野先生說出這句話。

吉野先生似乎認為，既然西洋人偶的詛咒可能傷及和子夫人，那只要遠離禍根即可。剛才甚至出現吉野先生拜託星史郎收購人偶，而和子夫人出面阻止的畫面。

（艾莉絲已經說她不想換主人，和子夫人也說，艾莉絲就像自己的孩子一樣……好想幫忙……）

開始思考之後，眼前的豪華料理都嚐不出味道了。

而且連肚子都開始痛了起來。第一次來的地方、初次見面的陌生人、陌生的豪宅和豪華的料理、必須解決的案件……這些似乎都已經超過琴子的精神負荷。琴子從以前開始，碰到這種事情的時候就會胃痛。

琴子心神不寧地看著四周。

開始用餐之後，已經過了二十分鐘。

大家都不太說話，幾乎都默默吃著飯，每上一次菜，盤子裡的食物就越來越少。有些人已經吃完了，既然如此，現在起身離席應該也……

（……嗯？）

一回神，發現真暮不在。

看得出來他已經用完餐，但本人不在座位上。

鄰座的鼓持還在說：「可以再吃一碗嗎？」

真暮究竟是什麼時候不見的呢？

（不，比起那個，我的肚子……）

「沒事吧？肚子很痛嗎？」

阿螢擔心地問。

「嗯，有點……」

「後田小姐，怎麼了嗎？」

靜靜地和腹痛對決時，負責送菜、站在入口處的老傭人櫻木向琴子搭話。

琴子慌慌張張地低聲回答：「那個，我想去廁所——洗手間。」
「這樣啊，我帶妳去吧？」
「不用，我一個人也可以……」
「真的嗎？」
琴子回答沒問題之後，一個人到走廊上。
只要問屋內的付喪神，就不會迷路。
「妳是非得去廁所，還是不去也沒關係？」
「呃，不去也沒關係……」
因為是以前就有的症狀，所以阿螢知道琴子緊張或有壓力就會腹痛。
無論如何，阿螢都算是男子。上廁所的話，阿螢會離琴子遠一點在門外等待，所以剛才就是為了確認這件事。付喪神基本上和依附的物件共同存在，但仍然可以保持二到三公尺的距離。
「已經有比較好了。」
「那就好，那接下來怎麼辦，要去外面呼吸新鮮空氣嗎？」
「嗯，比起這個，我想去找艾莉絲……畢竟我們的作戰計畫目前觸礁，我想跟她報告一下狀況。」

「啊——原來如此。那要去大廳對吧！」

琴子走出餐廳的大門。走在宛如用紅酒染色的深紅色地毯上，回到剛才的大廳。

「您好！」、「小姐，晚安！」路途中，牆上的繪畫、吊燈都紛紛向琴子搭話。

「對了，那個僥倖警部不見之後，已經過了好一段時間吧？」

阿螢搖了搖手回應那些付喪神，同時也說出自己的疑問。

阿螢之所以打招呼這麼隨便，是因為這已經是第二次了。剛剛經過的時候，已經打過招呼了。屋內的付喪神們似乎覺得能聽見自己聲音的人類很稀奇，所以無論如何都想和琴子親近。

「咦，阿螢你有發現真暮警部不在嗎？」

面對屋內的付喪神，琴子露出轉移注意力的苦笑，一邊問阿螢。

「嗯，他很快就吃完飯，像貓一樣溜出去了。」

「那個人比較像狼，不像貓吧。感覺很難親近，應該是說好像會被咬。」

「啊——我好像懂。那這樣的話，那個馬屁刑警就是狗啦！不過應該是很笨的雜種狗。」

琴子聽到阿螢的評價差點笑出聲，但還是克制住了。

的確，在真暮身邊這麼勤快、順從的樣子，的確很像小狗。

「他很聽真暮警部的話，所以雖然像小狗，但不至於是很笨的雜種狗吧？」

「妳說什麼很聽我的話？」

「嚇……！」

一進到大廳，就聽見除了阿螢之外的聲音，琴子反射性地向後退。

真暮在這裡。

他剛好靠在入口旁邊的牆壁站著。

「嗚哇，嗚哇哇，哇哇……」

「怎麼這麼慌張？妳該不會看到人偶下咒了吧？」

不，是因為你。雖然心裡這麼想，但琴子仍然嚇得直搖頭。

琴子窺探著真暮的狀況，兩人持續對望一段時間並且保持沉默。

畢竟，對方也沒有說話。

如此一來，反而不說話更痛苦。琴子下定決心開口。

「那，那個……為什麼……你會在這裡？」

「我要再次確認案發現場。俗話說得好，犯人終究會回到現場……對了，也就是說，後田琴子，妳就是犯人——」

「我才不是！」

因為發出超乎自己想像的音量，琴子不禁用手摀住嘴。

另一方面，指著琴子的真暮，依然一臉認真。

他這副表情，很難判斷是認真還是開玩笑。

「妳不是犯人啊！這樣啊，說得也是。」

真暮放下手指，好像已經認同琴子的說法。

就在琴子心想真暮其實意外地坦率，正覺得安心的時候——

「那妳為什麼來這裡？大家都還在餐廳吧？」

真暮這麼一問，琴子反倒覺得膽怯。

他好像還在懷疑我。總覺得有一種被審問的感覺，琴子不禁後退了幾步。

「呃、呃，那個……我想……去洗手間。」

「想去廁所結果迷路，這可是常見的藉口啊！」

「不，我不是想去，呃……是本來想去。」

「本來想去？」

「我、我從餐廳走出來，然後……」

「然後？」

「然、然後，我就改變心意……」

「改變心意？所以呢？」

真暮越靠越近的魄力讓琴子步步後退，最後已經背靠牆壁，卻說不出話來。

好恐怖，真的好恐怖，那張恐怖的臉就在眼前，好近。怎麼辦？我好想哭。

「……什麼？給我說清楚！」

「嚇……」

啊，我真沒用。琴子陷入自我厭惡。

她已經感覺到眼眶泛淚。

「琴子，別哭！沒事的！他又不是在罵妳！」

（就算你這樣說，這個人還是很恐怖啊～～～～）

在阿螢的教訓聲中，琴子閉起眼睛忍耐。

沒問題的，要是他做了什麼，去報警就好。

但是這些想法也只有一瞬間而已，想起眼前的真暮就是警察，實在太令人絕望了。神明啊、佛祖啊！真的誰都可以，拜託誰來救救我吧！

「……嗯。好吧，算了。」感覺到真暮離開，全身僵硬的琴子眼睛張開一條縫。

真暮已經不在眼前。

他朝艾莉絲依附的西洋人偶走去。仔細觀察西洋人偶之後，突然轉了個方向。

「後田琴子。」

「啊，是……是！」

「如果發現可疑的地方，馬上向我報告！」

真暮留下這句話，便邁開腳步走出大廳。

「我……我得救了嗎？」

愣在原地的琴子，看著真暮走出去的入口。

「琴子，妳也太膽小了吧！」

「可、可是……」

「他說要向他報告耶。妳不只發現可疑之處，還知道全部的答案。妳要怎麼做？」

「怎麼做？你這樣說我也……嗚，那個魄力……我沒辦法……感覺跟他講不通……」

「琴子。」此時，琴子聽到大廳深處有人在叫她。

是艾莉絲，白貓和音樂家也都在。

「妳還好喵？沒事喵？」

「那可不是對待淑女的態度，身為紳士太不可取了。」

「那琴子妳打算怎麼做？」

相對於客氣的白貓和音樂家，艾莉絲說話充滿和真暮一樣的壓迫感。

「怎麼做啊……這個嘛……」

「我有一個好方法。」

「好、好方法？真的嗎？」

雖然有不祥的預感，但琴子還是詢問艾莉絲的想法。

直到艾莉絲威脅「拒絕的話就詛咒妳」琴子心不甘情不願地答應之後，才後悔剛剛不應該貿然問話。

琴子先回到餐廳，全員集合之後再度前往大廳。

因為真暮又說：「我知道犯人是誰了！」

「真暮警部是因為這樣，才去大廳的嗎……」

「可能是啊，他看起來很認真。只是，大概沒辦法期待能有什麼像樣的推理。」

「我知道……」在前往大廳的一行人中，琴子走在最後，她嘆著氣回應阿螢的話。

一想到接下來要執行艾莉絲說的「好方法」，胃部附近就變得比剛才在餐廳的時候更加刺痛。雖然說琴子只要按預定計畫，出聲說一句話即可，然而，這對琴子來說還是很困難。

「……之所以再度召集各位，沒有其他原因，就是要告訴大家，我已經找出完整的真相。」

「好啊！真暮警部！」一聽到真暮裝模作樣的說詞，鼓持便馬上附和。

看來這些一連串的流程已經是基本組合。

不過，身為聽眾的嫌疑人們反應非常冷淡，大家都露出「又來了」的表情。看來大家似乎已經超越厭煩，達到疲憊的境界了。

「那麼……剛才原本以為我想錯了，但犯人果然還是傭人櫻木——」

「哇，哇啊——話說回來，這棟房子裡的骨董真是太棒了。」

出言打斷真暮推理的人是星史郎。

「這些都是櫻木先生在打理的吧！這一定要相當用心，骨董的狀態才能維持得這麼好。感覺得出來您非常喜歡這棟房子和住在這裡的人呢！」

「對吧？」星史郎加上這一句，櫻木也頻頻點頭說：「對，對啊。無論是這棟房子還是大介先生、和子夫人，我都喜歡。」

「是啊，是啊。這樣的人不可能會是犯人，真暮先生，我說得沒錯吧？啊，抱歉，請您繼續剛才的推理。」

「……嗯。你說得沒錯，櫻木不是犯人。」

真暮手撐著下巴，點了點頭。

那一瞬間，琴子看到星史郎鬆了一口氣的樣子。

看來，已經知道真相的星史郎，是想在真暮開始胡亂推理之前阻止他。

然而，真暮本人卻對星史郎的體貼一無所知。

「對，犯人不是櫻木……這樣的話，果然可疑的人就是大船戶——」

「啊——這裡的花瓶！」

星史郎大步走向屋內一隅，用手指向插著一朵玫瑰的花瓶。而在陰影處，一隻嘴形和花瓶一模一樣的海馬，正滿臉詫異地看著琴子。

「這花瓶很漂亮吧，這是『加利』的作品，對吧！『艾米里・加利』的加利。我剛才聽說，這是大船戶先生送給吉野夫婦的結婚賀禮。」

「啊，啊，沒錯。的確有提到這件事。」

「呃……啊，對了。」

原本迫不得已提起花瓶的星史郎，好像發現什麼似地，表情突然變得開朗。

「對了，話說加利的作品被稱為是『會說話的玻璃』，也就是說，這只花瓶上會有訊息喔！這裡——玻璃的部分刻著『比海洋更寬闊的是天空，比天空更寬闊的是人的胸懷』這是和加利同時代的詩人兼作家——雨果的代表作《悲慘世界》中的一段話。當然，大船戶先生是知道這段話，才送給兩位的吧！」

「當、當然啊！這也是我想告訴他們的話！」被點名的大船戶馬上回應。

「對吧、對吧！大船戶先生會把強調胸懷的骨董送給朋友，他如此感性，不可能會是惡作劇的犯人，真暮先生是想這麼說的對吧？我懂！」

星史郎笑著斷言。

真暮一臉嚴肅，直盯著星史郎。

「……這樣啊，你都知道了……說得也是，星史郎你說得沒錯。」

這次不只星史郎，就連大船戶似乎都因為鬆了一口氣而虛脫。畢竟任誰都不想被這種謎樣推理冤枉。

「對了，就是這麼一回事。」真暮沉默了一會兒，不久便說出這種故弄玄虛的話。就在一行人準備洗耳恭聽時，他接著說：

「也就是說，除了櫻木和大船戶以外的人，就是這次受詛咒的西洋人偶案件的犯人。」

……所以呢？

大廳充滿了疑惑的氛圍。

不知道是不是因為這樣不算有錯，所以星史郎也沒開口。就是因為這樣，才會一直出現更誇張的推理。沒有人開口說話。沉默持續五秒、十秒……

「琴子！」

「呀啊！」

艾莉絲、白貓、音樂家——三個付喪神一起呼喊，讓琴子嚇得叫出聲。

那一瞬間，大廳裡的所有人都望向琴子，好像在問：怎麼了？

「……琴子，這時候說出來會比較輕鬆喔。」

肩上的阿螢苦笑著安慰琴子。

因為這句話，琴子終於放棄掙扎，用力握緊雙手。

「這……這西洋人偶，跟我說話了。」琴子用顫抖的聲音，從嘴唇中間擠出套好的一句話。

除了知道琴子特殊能力仍然一臉驚訝的星史郎，和嚴肅的真暮之外，幾乎所有人都對琴子投以「騙人的吧！這女孩突然說這什麼話啊？」的視線。

「詛、詛咒……應該是真的……」

大廳裡鴉雀無聲。

「討……討厭啦，琴子同學。」

不知道是不是沉默比真暮的奇妙回答更難忍受，第一個開口的人是鼓持。他像平常一樣輕浮地笑著，朝琴子走來。

「怎麼可能有詛咒──」

說到這裡，鼓持走到西洋人偶前，突然停下腳步。

「……不，等一下。說到這個，剛剛，這個人偶，好像動了……」

鼓持頓時臉色鐵青。

接著，他突然回頭。

「詛、詛咒……應該是真的……」

他用蚊子般虛弱而顫抖的聲音低語。鼓持的錯覺對琴子來說是很強勁的後援，這是琴子第一次覺得這個刑警可靠。

不過，嫌疑人對鼓持說的話反應很微妙。

「詛咒什麼的實在太愚蠢了，反正這都是我太太編出來的謊言吧！」

吉野先生搖搖頭，一副受不了的樣子。

「她想吸引我的注意才會這麼做。我是不想讓她難堪，所以才保持沉默，這次差不多該到此為止了吧？竟然把大家都捲進來──」

說到這裡，吉野先生整個人僵住。

彷彿看到令人不可置信的東西似地，直直盯著一點。

所有人都順著他的視線看過去。西洋人偶就放在那裡。

那尊西洋人偶正在哭。

眼裡慢慢滲出透明的液體，在臉上留下淚痕。

呀啊啊，鼓持接著發出慘叫，還摔得四腳朝天。

「我、我、我沒辦法，靈異類的我不行……」

鼓持嚇得全身癱軟，不斷向後退。琴子則在原地沒有移動。

因為付喪神艾莉絲正抱著西洋人偶哭泣。

「為什麼……」

此時，背後傳來聲音，於是琴子回頭看。

是和子夫人。

「詛咒之類的……明明是假的……」

她一臉茫然，似乎不知道自己說了什麼。

「和子夫人，您剛才說『是假的』對嗎？」

真暮平靜地向和子夫人確認。

因為真暮的叫喚，和子夫人才終於回過神來。她慌慌張張地想按住嘴角，但似乎發現已經無法挽回，只好無力地垂著手。

「您說詛咒是假的？」

聽到真暮這句話，和子夫人彷彿已經死心般地點點頭。

「對……我……我說謊了……」

緊握的雙手微微顫抖，和子夫人開口說出真相。

「這起事件一開始就沒有犯人……是我一個人捏造的謊言。」

——「對那個可怕的警部說出真相和我們一起演一場戲，哪一個比較輕鬆？順帶一提，如果兩個都不選，我就詛咒妳。」剛才艾莉絲給琴子的選項就是這兩個……結果，琴子選了後者。

因為艾莉絲說「我們一起」，讓琴子覺得不是一個人很安心。而且，雖然知道沒有詛咒這回事，但還是覺得很恐怖。

再加上，如果直接把真相告訴真暮，之後應該也會很麻煩。不只琴子，恐怕連星史郎也有相同的想法。從他想要不著痕跡地傳達真相，就可以看得出來了。

現在，大廳只剩下琴子、真暮、星史郎以及和子夫人。

「呃……各位真的很抱歉……」鼓持低頭哈腰，把其他嫌疑人送出大廳。現在時間是晚上八點，除了吉野先生以外，其他人應該都各自回家了。

「……所以，您為什麼要說謊呢？」

真暮冷靜地詢問自白的和子夫人。

和子夫人搖搖晃晃地坐在演奏鋼琴的椅子上，鋼琴付喪神音樂家像是要合奏般地，稍微讓出空位。

「最近，我先生開始外遇……」

和子夫人以嘶啞的聲音開始傾訴。

「外遇對象似乎是秘書早川……他回家的時間明顯變少了，我想做點什麼來吸引丈夫的注意，所以才說我被詛咒了。我以為只要我說自己受傷了、身體不舒服、覺得害怕、沒辦法自己在家，他就會擔心我，或許也會因此回到我身邊，如果我說婚戒不見了，他可能就會想起過去的回憶……」

「所以婚戒也還在吧？」

「對，就在那個加利的花瓶裡。」

星史郎走進花瓶確認情況……花瓶裡有一個小塑膠袋。裡面有一只已經做好防水包裝的戒指，看到戒指的和子夫人，寂寞地笑著說：「只有我知道這戒指的價值。」

「這只戒指是當初剛創業時，我先生用拚命工作賺的錢買給我的。艾莉絲──人偶是結婚之後，我煩惱生不出孩子，我先生找來陪我的。這些都是我很重要的寶物。」

和子夫人說完，起身走向西洋人偶。

「我真傻。我先生明明就完全不相信我編造的謊言……為了讓事情說得通，竟然還讓視如己出的孩子當壞人。」和子夫人雙手捧起了艾莉絲，說了聲「對不起」，接著便把她緊緊抱住。

「……這次真的給您添麻煩了，非常抱歉。我已經作好面對懲處的心理準備。」

和子夫人深深低頭致歉。

站在俯首低頭的和子夫人面前，真暮只是一直抱著手臂。

然而，隔著一段距離——和星史郎待在一起的琴子眼中，看到的是艾莉絲等屋內的付喪神都擔心地望著和子夫人。

——「就是啊，夫人只是太愛老爺了。但是，感覺到老爺的心好像越來越遠，她也不知道該怎麼辦才會說謊。可是我覺得一直說謊下去，溫柔的夫人反而會傷到自己……所以，請妳讓她停手吧！」

挑明真相的時候，艾莉絲對琴子這樣說。

這棟房子是和子夫人的老家，屋內的付喪神一定都是從夫人小時候就一直守在她身邊。因此，現在也很擔心她吧！琴子想起艾莉絲說完這段話之後，還加上「萬事拜託了」、「請幫幫她」之類的話。

（真暮警部……會怎麼處理和子夫人這件事呢……）

琴子正在想和子夫人會面對什麼樣的處罰時……

「真暮警部～大家都回去了！」

語調開朗到不合時宜的鼓持回來了。

「您的先生要怎麼辦呢？能把他帶來這裡嗎？」

「可以。不過，請告訴他『別插嘴』。」

「Yes sir!」鼓持回應真暮的指示，像收到命令的小狗一樣跑回去了。不久後，吉野先生一臉嚴肅地進入大廳。

吉野先生瞪著和子夫人，真暮彷彿就在等這一刻似地開口說話。

「重新統整這次的案件，其實就是『因為丈夫外遇，傷心的妻子口出狂言』——和子夫人，是這樣沒錯吧？」

被點名的和子夫人，默默點頭表示肯定。

相對地，丈夫吉野先生倒是一臉有話想說的樣子。不過，可能是事先被鼓持制止，所以真暮繼續說下去的時候吉野先生沒有插嘴。

「剛才和子夫人提到懲處對吧？虛假的通報、陳述可按《輕犯罪法》處罰——不過，實際上只有判斷為情節重大者才需要處罰，而本案負責判斷的人就是我。」

真暮用推理時緩慢而充滿自信的方式繼續說下去。

「這次雖然耗了不少時間——不過您有發現嗎？其實這起案件中，沒有任何人受到傷害。如果硬要說有誰受傷，應該就是和子夫人您自己了。畢竟是您心愛的丈夫外遇啊！您會驚慌失措並因此說謊，也是無可厚非。最後沒有變成肥皂劇、殺害丈夫，已經算是和平的結局了。」

和子夫人一臉不可思議地眨了眨眼。

「那個……警部先生……這是什麼意思……」

「也就是說，我認為不需要處罰。不過，被當成嫌疑人的相關人員如果向您提告，那就不在我的管轄範圍內，這一點您必須了解。話說回來，我還有一個想追根究柢的謎題。」

真暮說完，看著吉野先生。

「吉野先生，為什麼不告訴夫人你沒有外遇呢？」

咦？出聲的是和子夫人。

在入口處瞪著妻子的吉野先生，尷尬地扭動身體，避開視線。

「……妻子在這種狀態下，誰的話都聽不進去，這一點我最了解。就算我說沒有外遇，也沒辦法讓她相信吧？」

「怎麼回事啊……」看到和子夫人呆若木雞的樣子，真暮嘆氣似地搖搖頭。

「也就是說，妳先生沒有外遇。」

「怎麼可能……騙人……我先生經常不在家……」

「鼓持，你來解釋。」

突然被真暮指名的鼓持，像是已經準備很久的樣子，拿出之前的那本黑色皮革的筆記本，開始翻閱。

「根據我問話的結果看來，大介先生除了工作還是工作，應該沒有時間外遇。這一年來交易對象擴張，所以一直都很忙。早上負責掃地的人已經證實，他經常睡在社長室。」

「社、社長室的話，早川不也在一起嗎？」

「早川小姐每天都準時下班。從公司的防盜監視器，可以看到她下班離開……順帶一提，早川小姐冷淡地說：『我喜歡年紀比我小的男生，不好意思，大叔我沒辦法。』」

聽到鼓持的回答，和子夫人瞪大雙眼。

「可、可是我看到他們兩個人很親密地在公司外見面，我也知道他們一起去國外旅行！而且還交代公司的人不要告訴我……」

「難道……妳已經知道了嗎？」吉野先生一臉意外地違背真暮的交代，脫口反問妻子。

「我、我當然知道啊——」

「領養，代理孕母的事情……對吧？」

鼓持打斷和子夫人彷彿慘叫的那句話。

「工作空閒時偶爾會在公司外和早川小姐見面，是為了蒐集領養的資訊。而且，出國也是為了參加說明會。日本尚未擁有完整的代理孕母制度，而泰國的代理孕母制度則非常先進。說明會一定要夫婦一起參加，所以，吉野先生請早川小姐假裝伴侶一同前往。」

所有來龍去脈似乎都寫在筆記裡，鼓持看著手邊的筆記順暢地說完。和子夫人貌似從未聽說過這件事，就這樣愣在那裡。

「和子夫人。」真暮平靜地對和子說：「您似乎一直對無法生孩子這件事感到內疚。」

「是、是……是沒錯。的確是這樣……」

「您的先生也有相同的想法。」

聽到真暮這麼說，和子夫人瞪大眼睛。

「無法讓妻子認為沒有孩子也很幸福，吉野先生很內疚。所以才會想說要是有孩子就好了。不過，兩位之間早就已經錯過商量這件事的時機……再加上吉野先生是入贅的女婿，這棟房子又是和子夫人的老家。最後，吉野先生才想到，如果不想變得尷尬，別回家就好了。」陸續聽到自己完全不知道的事實，和子夫人沉默了一陣子。她內心似乎很混亂。

然而，夫人終於擠出痛苦呻吟般的聲音。

「……或許不是外遇，我先生可能也在煩惱孩子的事情……可是，這種事情我當然希望他能和我這個妻子商量，然後一起煩惱……但我先生不回家……心也不在我身上……」

「畢竟要完全了解對方的心實在太困難，所以也不可能測量出心與心之間的距離。不過，至少吉野先生親口告訴我，他深愛自己的妻子。」

真暮說的話，一定很出乎意料。

和子夫人好像整個人彈起來似地，回頭看自己的丈夫。

「老、老公……你結婚之後，從來沒有說過愛我啊……」

「哪、哪說得出口啊！我不說妳也知道吧？」

和子夫人用顫抖的嘴唇問話，吉野先生則滿臉通紅地怒吼。

「我不知道啊！」面對先生的這句話，和子夫人也以怒吼回敬。

「就連我問你『愛不愛我？』的時候，你只回答『天知道』這種否定的答案啊！你一定是在警部面前，才說這種對自己有利的話吧！」

「才不是！那是因為覺得不好意思才岔開話題！這點小事妳應該體諒我啊！」

「誰要體諒你啊！」

「我們都在一起多少年了？就算說了一次『我愛妳』事情也不會解決啊！」

「我希望你經常說啊！你才要體諒我吧——」

夫婦之間的爭執越演越烈時，真暮心情舒暢地拍拍手打斷他們的對話。

「凡事不說清楚、不傾聽，無論是夫婦還是一般人，都可能會搞不懂對方的心意。如果因此誤會，就會造成和這次一樣的不幸事件。」

因為真暮說得太正確，吉野夫婦互相對望後，一起低頭致歉。

夫妻二人自我反省似地低語：「您說得沒錯……」

「從旁觀察今天的狀況，一眼就看得出來你們是一對很相配的夫妻。我建議兩位趁這次機會，好好聊一聊……那這件事就告一段落啦！」真暮說出宛如臺詞般的話之後，立刻轉身背對和子夫人。

「好了，你們兩個，回家了。」說完這句話便精神抖擻地離開大廳。鼓持跟在後面，星史郎也追上去了。

琴子雖然在意留在現場的夫婦和付喪神們，但也從後頭跟上了。就在這個時候……

「那個，抱歉，骨董堂的先生。」

星史郎聽到呼喊聲停下腳步並回頭，和子夫人抱著西洋人偶急急走來。

發現和子夫人的星史郎回應：「是，怎麼了嗎？」

「啊，如果是收購人偶的事情，我改天再來詳談。」

星史郎話還沒說完，和子夫人便出言打斷：「不，不是的。」

「有件事想請教您……那些眼淚是怎麼回事……詛咒是我捏造的……可是這孩子，剛剛流的眼淚究竟是——」

「眼淚是所謂的哭泣雕像現象。聖母瑪利亞雕像流淚，在國外是廣為人知的現象，偶爾也會有發生在人偶身上的案例。」

「那個……這有科學解釋嗎？也就是說，詛咒之類的事情……」

「沒有。實際上也曾進行過科學調查，不過結果顯示都有人動過手腳。詛咒本來就不是真實現象，應該不可能存在。」星史郎笑著說明，琴子連膽戰心驚的時間都沒有。

和子夫人好像接受了這樣的說法，看上去似乎已經安心，點了點頭回應：

「這樣啊……」

「那個……收購的事情就算了吧。艾莉絲——這孩子是我們夫婦的珍寶啊！」

和子夫人說完，抱著西洋人偶和並肩走來的吉野先生一起鞠躬致意。

琴子聽到這句話，鬆了一口氣。

畢竟和子夫人那些奇怪的被害者陳述，其實都是改編自她和艾莉絲之間的回憶——夫人曾彈鋼琴、唱歌給艾莉絲聽，還和艾莉絲一起喝茶，告訴艾莉絲「如果妳是真的女兒，我就教妳跳舞」。

「琴子，真的很謝謝妳！可以的話，請再來玩！」

告訴琴子這些事實的艾莉絲，站在和子夫人和吉野先生中間這樣說。

大廳裡的付喪神靜靜地在他們的背後看著事件落幕。全員到齊的付喪神，正在笑著揮手……琴子清楚地看見這個畫面。

（哪裡哪裡，不客氣……）畢竟沒辦法真的回覆，琴子只好默默在心中低語。肩上的阿螢代替主人回應：「好，再見啦！」同時也用力揮了揮手。

走在吉野家的玫瑰庭院時，琴子看了看手錶。

「可以回家吧？這樣就不會被罵了。」

阿螢這麼一說，琴子放心地點了點頭。

現在才剛過九點，還不到末班車的時間。上了大學之後，琴子和父母交涉將門禁時間延後，雖然已經超過門禁時間，但只要說不用過夜可以回家，父母一定會很高興。

「琴子小姐，時間趕得及嗎？」

原本走在前面的星史郎緩下腳步詢問琴子。

「嗯，沒問題……那個，星史郎先生。」

「是，怎麼了？」

「人偶流淚很常見嗎？」

琴子這麼一問，星史郎一臉傷腦筋的樣子笑著說：「我是騙她的。」

「我沒說實話，妳會覺得很失望嗎？」

「啊……不會，那個……很抱歉。我覺得星史郎先生看起來不像是會說謊的人。」

「是啊，平常我是不會說謊的。畢竟經手骨董的人最重視信用，而且說謊的話，自己也會很痛苦……不過，這次算是特例。案件本來就是從說謊開始，更何況這次我覺得這樣做會比較好。」

琴子點頭表示同意星史郎的話。

如果不是骨董專家星史郎用謊言解釋，和子夫人或許就無法下定決心把西洋人偶留在身邊。

不過，和子夫人說過，西洋人偶是她重要的孩子。

她一定希望星史郎告訴她艾莉絲不是受詛咒人偶。

「剛才說明的『哭泣雕像』現象是真的。而且還有人把聖母瑪利亞雕像流出來的血淚拿去化驗，最後驗出男性DNA這種令人苦笑的結果。」

聖母瑪利亞是男性，這的確是令人苦笑而諷刺的結果。以正常的邏輯推想，應該是有人用男性的血冒充瑪利亞雕像的血淚吧！

琴子覺得很不可思議，這樣不就是褻瀆神明了嗎？不過，為了呈現奇蹟，甘願做到這個地步的心情，其實也不是不能理解。畢竟……

「這並不是常見的現象，而且和宗教毫無關係的西洋人偶，應該也沒必要刻意動手腳。所以，我雖然也非常訝異……不過那應該是琴子小姐的安排吧？」

「喔？原來他已經發現啦？」

阿螢對星史郎的問題感到敬佩，琴子則點頭稱是。

──琴子也為了呈現奇蹟，在艾莉絲人偶上動了手腳。

那是艾莉絲的指示。

艾莉絲要琴子在人偶的眼睛裡滴入水滴，並維持在不至於溢出來的程度。

「最後我會自己想辦法，妳只要先幫我做好假哭的前置作業就可以了。」

艾莉絲最後怎麼讓眼睛裡的水滴流下來，琴子也不清楚。大概是鼓持靠近的時候，腳步震動讓水滴搖晃，最後才溢出來吧。

不過，琴子也認為或許是艾莉絲真的哭了吧！

「對不起……我擅自作主……」

「哪裡哪裡，託妳的福，案件才得以解決。大家……還有付喪神們一定都很感謝琴子小姐。」

星史郎笑著說。

「真暮警部！我按照您的指示，把車開過來了。」

此時，玫瑰庭園的盡頭傳來鼓持的聲音。吉野家門前，停著一輛似曾相識的車。那是真暮等人搭乘的便衣警車。

「後田琴子，上車。」

真暮回過頭來這麼說，琴子全身僵硬地「咦」了一聲。

「蛤？」就連阿螢也保持警戒。

「呃、呃、那個、我、我、做了什麼……」

「我送妳回家。今天因為有妳在，所以推理很順利。」

真暮說完便用下巴指示琴子「上車」。

「可、可是我家在東京都內……」

「不必客氣。」

雖然真暮一副無所謂的樣子，但是這對琴子來說很痛苦。儘管阿螢說：「不然就讓他送妳回家吧？」但一想到要長時間在狹窄的車內和真暮、鼓持待在一起，琴子就覺得痛苦。

「怎、怎麼好意思讓您送到家……而且我父母會擔心……就不麻煩您了……」

「這樣啊。那就送妳到車站吧！搭車的話，是從鎌倉站出發嗎？」

「是、是的，雖然是這樣沒錯，不過，那個……」

連拒絕的時間都沒有，真暮逕自抓著琴子的肩膀，直接把她推進後座。一起上車的星史郎關上車門，坐在副駕駛座的真暮立刻指示：「出發吧！」駕駛人鼓持應聲的同時，汽車也開動了。

車窗外晃過鎌倉的夜景……琴子緊張得全身僵硬，完全沒有餘裕欣賞。就在這個時候──

「琴子小姐，要不要在我這裡工作？」

鄰座的星史郎低聲說。

「今天真是太精采了！」、「不愧是真暮警部！」因為駕駛座上的鼓持從剛才就拚命在拍馬屁，所以前座的兩人聽不到星史郎的聲音。

「在八百萬骨董堂工作……嗎？我……嗎？」

「是，琴子小姐的能力對處理骨董來說，很有魅力。怎麼樣？工作條件我之後會再寄到妳告訴我的信箱。」

琴子還在猶豫該怎麼回覆的時候，鼓持精神充沛地說：「車站到了！」

「我等妳的好消息，路上小心喔！」

琴子含糊地對星史郎點了點頭，從後座下車──結果剛好和真暮四目相接。

鼓持從駕駛座探出身子揮手。

「琴子同學再見！」

「夜路要多加小心，每隔十公尺就要確認背後有沒有可疑人士。」

真暮說完這句話之後，汽車便駛離站前的圓環，載星史郎回骨董堂了。

「如果是要確認背後狀況的話，有我在就沒問題啊！」

阿螢對著漸行漸遠的汽車吐舌頭。

琴子大大地嘆了一口氣，穿過剪票口前往月台，結果，電車就剛好到站了。

「妳要去老頭的孫子那裡工作嗎？」

帶琴子走進空蕩蕩的車廂坐定之後，阿螢便開口問。

「嗯……我還不知道耶。」

「喔，這樣啊……反正也是要等他寄信來再說。」

琴子總覺得阿螢有點坐立難安的樣子。

「……阿螢希望我去骨董堂工作嗎？」

「我無所謂啊，妳就照自己的意思決定吧！妳不就是為了這個，才決定自己住的嗎？」

阿螢像是在掩飾什麼似地別過臉這麼說，琴子也認同這句話。

沒錯，我已經決定要選擇自己想做的事情。

「……嗯，我會的。」

在琴子回答的時候，電車開始緩緩前行。

到家的時候，星史郎傳來之前約定的信件。

雖然信件裡有些內容令人驚訝，不過琴子深思熟慮後，隔天早上就回覆了。

──「請務必讓我在骨董堂工作。」

第三章　骨董祭的小偷

回信給星史郎後過了半個月——剛好六月已經要結束了。

目送飛向天際的飛機，琴子看著機場窗外的景色喃喃自語。飛機的引擎聲越來越遠，讓琴子想到父母大哭的聲音。

「沒問題……吧？」

「妳是在擔心父母？還是擔心妳自己？」

「嗯……都有吧。」

苦笑著回答的琴子離開窗邊，已經看不到飛機了。

時間已經過中午，琴子在成田機場和前往英國的父母道別後，現在準備要回鎌倉了。其實幾天前就已經搬完家，住的地方已經移到鎌倉去了。現在也已經開始從鎌倉通勤上學。

位於千葉縣的成田機場到神奈川縣的鎌倉，搭乘特急列車也要兩個小時。感覺就像去了一趟小旅行，琴子回到鎌倉車站。

她依舊避開人潮，走向現在的居所。

轉進巷弄後，不久就能看到八百萬骨董堂的招牌。嘎啦啦地打開門走進店裡，掛軸老先生就對琴子說：「喔，回來了啊！」付喪神們也紛紛過來迎接：「歡迎回來！」、「妳去了成田機場啊？」、「飛機飛走了？」、「妳一定很累吧？來，快進來。」

「啊，琴子小姐，歡迎回來。」

最後是原本在店面後頭的星史郎。

琴子低頭對微笑的星史郎說「我回來了」便慌慌張張穿過店面。雖然這已經是雙手手指都數不完，重複好多次的場景，但琴子仍然覺得難為情。

「呼——我回來了，我的小窩啊～」

店面後方的星史郎家——也就是時田家，旁邊有一棟獨立建築，穿過這棟建築的大門之後，阿螢從琴子肩上飛下來，在屋內翩翩飛舞。跟著阿螢飛行的軌跡望向天花板，可以看到又黑又粗的樑柱。

這裡就是所謂的老宅。

不過牆上的漆已經重新粉刷，很有氣氛，感覺隨時都可以開店。實際上，直到星史郎的爺爺過世前，這裡的確原本預計要開店……結果星史郎為了繼承爺爺的骨董堂，忙得不可開交，所以就沒空經營這間老宅咖啡屋了。琴子現在住在這棟老宅裡。

而在星史郎傳來的信件裡，令人驚訝的部分就是願意免費出借這棟老宅。

「是棟很棒的房子，感覺應該會有付喪神。」

「啊──還差一點呢，感覺還要再一段時間……說不定在妳住的這段期間就會出現了喔！」

仔細檢查樑柱的狀況之後，阿螢這樣判斷。

「不過，他借給妳的房間像別館一樣真是太好了。如果有走廊相連，妳爸媽一定會全力反對。」

阿螢說得沒錯。雖然兩個人差了將近十歲，但男女同在一個屋簷下，就算世人能和顏悅色地接受，琴子的父母也絕不可能答應。他們之所以妥協，就是因為這裡再怎麼說都是獨立的建築。

雖然安排父母參觀居住地點外加說服他們耗費了一點心神，但琴子總算是順利達成住在時田家別館並且在骨董堂工作的目的。

稍作休息後，琴子離開居所，回到骨董堂。

琴子的工作基本上就是幫星史郎接待客人和接聽電話，相較之下，算是任何人都能勝任的工作。

然而，琴子主要的工作內容其實是以付喪神為對象。

「琴子啊、琴子啊。可以幫我換個位置嗎？這裡總覺得不太舒服。」

「那個，雖然妳可能看不見，但是已經有薄薄一層灰塵，可以幫我擦乾淨嗎？」

付喪神會告訴琴子哪裡不舒服，或者哪裡想要擦一擦。星史郎說，聽從這些聲音保養，骨董就會生氣蓬勃。他的爺爺，骨董堂的前任店主，自己就能聽到付喪神的聲音，所以輕鬆就能做到這件事。

琴子大部分的工作時間，就像這樣和付喪神說話，並且傳達給星史郎，其實沒有什麼工作的感覺。

工作的時候，對琴子來說反而是心靈最平靜的一段時間。

截至目前為止的人生中，這種能力毫無意義、只會帶來麻煩，但是現在有了用處，還能變成工作。這些事實帶給琴子難以言喻的平靜。

（可以和付喪神們交好，而且星史郎先生又很溫和，真是個良心職場……要是這樣安穩的日子能持續下去就好了……）

琴子這時候還沒想到，這種願望有時候就像與現實相反的夢。

幾天之後，時序進入下一個月分，這天是七月上旬的週六。

天氣非常晴朗，是個身心舒暢的早晨，令人感覺梅雨季結束的時間比往年還早——

「琴子小姐，明天店裡公休，要不要一起出門？」

昨天受星史郎邀請的琴子，心情就像萬里無雲的晴空般開朗。

連琴子都知道自己有點太興奮了。

「琴子還真是坐立難安啊……」

看到琴子用全身鏡確認昨天晚上想很久才決定的服裝，阿螢一副受不了的樣子嘆了口氣。

「我說啊，這可不是約會喔！」

「我、我知道啊……這是工作的一部分……」

就算是週六，骨董堂也會在早上十點開店。

然而，今天和平常不一樣。

今天在鎌倉的鶴岡八幡宮，有骨董市集「鎌倉骨董祭」。

現場要是有好物件，就能進貨，也能和同行交換訊息，對骨董商星史郎來說，是很珍貴的機會。

以前有人在這裡，發現和鎌倉有淵源的昭和初期藝術家——北大路魯山人的陶藝作品，是一個挖到寶物的好機會。

「所以光是逛逛也很有趣，要不要一起去看看呢？」星史郎這樣邀約琴子。

「以工作來說，妳未免也太精心打扮了吧？」

阿螢這麼一說，看到鏡子裡的自己，琴子反而一時語塞。

「妳從來沒綁過馬尾不是嗎？」

「不是啊……那是因為……今天要走路，可能會很熱……」

「你們差了快十歲，我個人是覺得有點……」

「我、我就說不是那樣啊！你再說這些奇怪的話，我就把你留在家裡！」

「啊，我騙妳的啦，等一下，我開玩笑的啦——我知道妳對老頭的孫子，不是那種感情。」

琴子鼓著臉頰，別過臉，阿螢便慌慌張張地更正自己的話。

長年待在一起，阿螢已經很擅長分類琴子的情感。

琴子對星史郎的感情雖然是仰慕，但不是愛慕。類似「要是有這種哥哥就好了」的憧憬，或許比較接近「可靠的大人、監護人」的感覺吧！

琴子心想，這可能就是自己還沒長大的證據。

在心裡的某處還需要像父母一樣守護自己的大人……這也表示琴子在精神

層面上還未能獨立。順帶一提，琴子還沒談過像樣的戀愛，頂多就是在知道聽得見付喪神的聲音很奇怪之前，有一段短暫的初戀。

「……如果我能獨立，到時候會不會把星史郎先生當作異性喜歡呢……」

「什麼？呃……妳剛才說什麼？」

「沒什麼啊——」

阿螢聽到主人說出奇怪的話，忍不住懷疑自己的耳朵，琴子一副沒事的樣子說：「好了，要出門了！」接著便離開房間。

琴子愉快地晃著馬尾，從骨董堂的後方往店裡走，做好準備的星史郎已經在那裡等著了。

「星史郎先生，早安。」

「啊，琴子小姐，早安。抱歉，本來已經要出門了——」

此時，傳來嘎啦啦的開門聲。

咦，今天是店休日啊！琴子覺得很不可思議並抬起頭來看——接著就這樣僵住了。

晴空之下，暴風雨毫無前兆地出現。

雖說是暴風雨，但並不是颱風之類的天氣現象。對琴子來說，真正的暴風雨可能還比較好一點，現在所說的暴風雨，可是足以吹散平穩心靈的怪物啊！

「我來囉。」

帶著一副要來踢館的嚴肅表情和問候走進來的人正是謎偵探——真暮警部。

後面跟著不知道為什麼一臉得意的馬屁刑警鼓持，他露出和真暮完全相反的開朗表情。就像往常一樣，呈現一個人狂歡的狀態。

「打擾了！啊，琴子同學！早安～」

「你、你好……」

琴子有點膽怯地回應鼓持充滿活力的問候。

知道來訪的人是真暮之後，琴子的防禦本能告訴自己「快逃！」但已經被認出來，想逃也逃不了。

而且，真暮的視線不知道為什麼正落在琴子身上。

「站在那裡的人是後田琴子吧！」

「什麼？」

真暮突然喊自己的名字，琴子發出近似慘叫的聲音。

琴子因為害怕打算躲在星史郎身後。

「那、那個……真暮警部，有、有什麼事嗎？」

「我等妳很久了！歡迎來到鎌倉！妳搬到很不錯的地方啊，真是英明的決定！」

一瞬間不懂他在說什麼，琴子停止思考。

「好，所以就是這樣，兩位先跟我走吧！」

「呃，我不要……啊！」

反射性地脫口說出這句話，讓琴子不禁摀住嘴巴。

話雖如此，就像「受詛咒的西洋人偶事件」中，和子夫人意外自白一樣，說出口的話再怎麼樣都收不回來。偏偏這個時候音量又比較大，話說得清清楚楚，真暮不可能沒聽到。

然而，真暮充耳不聞，似乎根本沒打算聽她說什麼。

「什麼，車子已經在外面了。來，上車吧！」

真暮說完，就像在逮捕犯人那樣抓著琴子的肩膀，然後直接把人拉走。

「咦、咦、那、那個……星史郎先生……」

琴子被拉出店外時，一面回頭朝星史郎求救，星史郎則是一臉抱歉的樣子搔搔臉頰，鎖好店門跟了上來。

「到、到底有什麼事啊？」
「我跑來骨董店，當然是和骨董有關啊！」
「和骨董有關──」
琴子這才恍然大悟地回頭看星史郎。
「該、該不會是星史郎先生……做了什麼……壞事？」
「不是不是！真暮先生，你說明得太草率了，這樣會被誤會啦！」
面對星史郎的抗議，真暮只是抬起一邊的眉毛回應。
不知道什麼時候移動，早已經打開車門等待的鼓持，一副等著上場的樣子代替真暮說明。
「今天不是要帶你們去警察局。真暮警部說，琴子同學在的話，推理就很順利──好痛！等等，警部為什麼要打我啊！啊，為什麼踩我的腳？而且大拇指可是要害啊！」
「好過分！我反對暴力！」鼓持痛到眼眶泛淚，一旁的真暮用下巴指示琴子和星史郎坐到後座。兩個人心不甘情不願地上車後，真暮和鼓持也分別坐上副駕駛座和駕駛座並關上車門。
「所、所以，我們要去哪裡……」

推理很順利——這句話讓琴子想到上個月那起「受詛咒的西洋人偶事件」。按鼓持的說法，目的地並非警察局。也就是說，真暮會在其他地方展現他的推理。那麼，到底會去什麼地方呢——

「其實，也算是按照原計畫啦……」

回答琴子疑惑的人，竟然是星史郎。

汽車出發後沒多久，琴子就知道這句話的意思了。

萬里無雲的藍天下，刺眼的陽光照耀鎌倉的街道，顯得影子的顏色更深沉。沿若宮大道往南走二公里，就是橫貫市內的滑川入海口——相模灣。反射從天而降的光輝，可以眺望湘南美麗的海景。

順帶一提，「湘南的範圍從哪裡到哪裡」一直都是長年爭論不休的話題。神奈川縣的「湘南市」構想以及「神奈川濱海計畫」等政策，數度想明確界定湘南的範圍，但目前仍然沒有清楚的界線。

而且，後者的計畫中，認定湘南為「從湯河原市到三浦市，臨海的十三個市町」範圍非常廣闊。

「所以也就是說，廣義上來說，這片海也算是湘南地區之一。這條若宮大道的盡頭有由比濱和材木座等海水浴場，不過只在七月和八月開放兩個月的時間，像今天就是最適合去海水浴場的日子……啊，琴子同學還沒看過湘南的海吧？剛好，下次要不要一起去游泳？」

車內只有鼓持一個人得意地聊這些事，琴子只會用點頭和搖頭回應。

……不過，聊這些和海有關的事情是什麼意思？

琴子等人前進的方向，並非南邊的大海，而是沿若宮大道北上的鶴岡八幡宮。面對八幡宮的東側，緩緩穿過人煙稀少的住宅區小巷弄後，汽車在東鳥居前停了下來。

「……鼓持先生真是自由自在啊。」

因為鼓持在車內自由奔放的大聊特聊，下車後的琴子不禁這樣低語。鼓持在駕駛座上開心地笑著說：「是啊！」雖然不是在稱讚他，但他本人好像當作讚美了。這種正面積極的個性，琴子認為自己也應該好好學習。

「那我去找能停車的地方，各位先好好加油喔！」

鼓持說完便再度發車離去。

「加油……到底是什麼事……」

「走吧，跟緊點別脫隊！」

真暮好像沒聽到琴子嘟囔的疑問，精神抖擻地往前走去。穿過東鳥居，逕自進入神社的範圍。

琴子看著他的背影，就這樣站著不動。

「琴子小姐，我們走吧！除了真暮先生的案件之外，其他的部分妳一定會覺得很有趣。」

星史郎苦笑著邁開腳步，像是在催促琴子跟上。

雖然驚訝但也默默跟在兩人身後的琴子，一進入神社境內，馬上就明白星史郎的言下之意了。

「琴子、琴子！這好厲害啊！」阿螢替琴子說出心聲。

不知道是不是因為剛才在車內對真暮充滿警戒，還是因為已經沉默了一段時間，阿螢彷彿從束縛中掙脫一樣，興奮地舞動翅膀。

琴子也同意阿螢說的話。

「嗯，好厲害喔……這麼多人……還有付喪神……」

琴子朝真暮前進的方向看過去，隔著參道的對面，有一整排攤販。

雖然說是攤販，但這裡販賣的東西並非一般祭典常見的商品。

陶器、漆器、工藝品、裝飾品、和服、和服的碎布、日用雜貨、人偶、玩具，還有其他不知道用途是什麼，看起來像破爛的東西，相當琳瑯滿目。年代從比較新的到古老的舊貨都有，範圍非常廣。
「因為是骨董市集啊！人和物品都會在這裡集結。」
琴子陶醉於眼前的光景時，星史郎笑著說了這句話。
「今天就是想帶琴子小姐來這裡。」
「啊……話說回來，剛才你說也算是按照原定計畫……」
「是啊，雖然我說是工作，不過這是琴子小姐搬過來之後的第一個骨董市集，很多攤販都會來八幡宮展售，如妳所見，就像祭典一樣，所以我才想帶妳來看一看。」
「我、我從昨天就開始期待了……」
「那真是太好了！話雖如此，真暮先生的委託實屬意外，這麼突然妳一定嚇了一跳吧？真是抱歉。」
面對星史郎的道歉，琴子慌慌張張地回答：「沒關係，沒關係。」
星史郎沒有錯，完全沒有錯。
有錯的人是眼前這個大步前進的真暮。
真暮前進的時候，人潮就像摩西分海一樣自動散開。
雖然走起來輕鬆很令人感激……但是連同受人矚目的琴子，現在只想立刻躲在陰影裡，所以不知不覺地就縮在星史郎身邊。
「那個……星史郎先生知道警部委託的內容……嗎？」
「嗯……這個嘛……對不起。詳情我也還不知道……」
一邊竊竊私語一邊前進，走到周圍沒人的地方時，真暮突然停下腳步。
他以骨董市集為背景，回頭說：
「這裡面有一個……可能是贓物。」
彷彿在宣告「其中有一個是犯人」似地告訴兩人實情。
活力充沛的蟬鳴，填滿三人之間的沉默。
「……呃……你是說，有可能嗎？」
星史郎再次確認，真暮仍然一本正經地用力點了點頭。
「稍早之前有人報警，說是被闖空門。詢問被害者片瀨女士後，得知有幾個盤子被盜，其中一個，是去年過世的先生留下來的遺物，無論如何，都希望能找回來。」
「那個，真暮先生……我順便問一下，你認為盤子會在這裡，是有什麼憑據嗎……」
「當然是我的直覺啊！」

他理所當然地脫口而出，讓琴子不禁頭暈目眩。

「後田琴子，妳怎麼了？」

「沒、沒事，只是有點……頭暈……」

真暮隨即開始用手機打電話給某個人。

「鼓持，路上順便買點飲料。啊，要冰的，對中暑症狀有幫助的運動飲料更好。」

真暮加上一句「拜託你了」就馬上掛斷電話。

「呃……那個，真暮警部……？」

「今天氣溫將近三十度，雖然神社境內有很多樹蔭，但還是要多補充水分！」

真暮說完便將手機收進西裝上的口袋。琴子心想，雖然他穿的是夏天用西裝，但畢竟是長袖，難道不熱嗎？雖然自己並不是因為太熱才站不穩，但看到真正讓自己頭暈的真暮貌似涼爽的樣子，不禁有點擔心他身體感官的敏感度。

而且，更令人不安的是，自己和星史郎就像上次一樣，被牽著鼻子走。

這一點似乎不只琴子一個人擔心。

「好，那就開始找吧！趁盤子被賣掉之前。」

「等、等一下，真暮先生！」

在琴子來之前就已經被牽著鼻子走的星史郎，慌慌張張地叫住往前走的真暮。

「很好，上啊，老頭的孫子！拜託想想辦法！」阿螢也為星史郎加油打氣。

「星史郎，怎麼了？」

「我可以理解被盜的盤子可能會在這裡。不過，光是這樣沒辦法找，畢竟這裡盤子這麼多。」

星史郎攤開雙手，像是要告訴他：你看！

真暮緩緩巡視周遭。

「說得也是。星史郎，你說得沒錯。」

「對吧？所以啊，沒有特徵的話……」

「這次要找的贓物，是白底藍色花紋的盤子。」

「也就是青花瓷盤對吧……其他的特徵呢？」

「是陶器，感覺很像伊萬里燒。」

「很像……？」

星史郎驚訝地眨了眨眼之後，一副傷腦筋的樣子搔搔臉頰。

「也就是說，連產地都不知道對吧？有可能是會津本鄉、瀨戶、砥部燒、沖繩……也可能是景德鎮……那個，我順便問一下，有沒有關於製作年分的資訊……」

「沒有。」

真暮很肯定地斷言。

「沒有贓物的參考照片，而且因為圖樣很複雜，所以被害人也沒辦法畫出來。被害人其實並不清楚詳情，只是先生對骨董有興趣，報案的夫人似乎連盤子很值錢這件事都不知道。」

「完全不知道……嗎？」

「對，完全不知道。」

「喂，這樣不可能找到啦！放棄吧！」

看著面對面站得直挺挺的兩個男人，阿螢終於忍不住吐槽。

「沒問題，一定找得到。我對自己的直覺有信心。」

「哪來的自信啊！明明就是個僥倖警部！」

再也受不了的阿螢，對著耍帥說出這種話的真暮大聲嚷嚷。

沒錯，琴子也完全認同肩上的少年付喪神。

自信到造成別人的困擾，這種情形倒是很稀奇。

「太浪費時間了，走吧！」

真暮說完便朝著聚集著攤販、人潮、付喪神的熱鬧骨董市集前進。稍微離遠一點就會馬上走散，所以琴子和星史郎對看一眼之後，便一起跟上那個自以為是的警部。

肩上筋疲力竭的阿螢低聲抱怨：「啊──真是爛透了……」

在八百多年的漫長歲月中，鶴岡八幡宮一直守護著鎌倉。

神社範圍非常廣，全境呈現南北縱長的長方形，這裡是鎌倉市的中心，在地圖上，也擁有獨具存在感的寬闊面積。境內有寶物殿、鎌倉國寶館等建築，除了神殿以外，也有很多可看之處，就算花一整天的時間在這裡逛逛也不會膩。

從若宮大道延伸出去的寬廣參道，左右被名為「源平池」的蓮花池包夾，一路向北走到底，長長的石階上，佇立著莊嚴的八幡宮正殿。

以前，石階旁有傳聞，有顆樹齡超過千年的大銀杏樹迎接來參拜的信徒，但在二〇一〇年被強風吹倒，再也無法見到大樹的英姿了。然而，現在樹木從根部開始冒出新芽，彷彿立志要再度恢復昔日榮景似地，在細小的樹枝上長出茂密的綠葉。連結若宮大道和正殿的參道，與連結東西鳥居的參道十字形交會。

真暮帶領琴子等人從東邊的鳥居進入，走在骨董攤販林立的參道上。

「那個，真暮先生……雖然這樣說很抱歉，不過……說實在的，這樣真的沒辦法找。」

星史郎一說話，原本正仔細檢查攤販商品的真暮便抬起頭。

「為什麼你會這樣想？」

「光靠剛才的資訊，我恐怕也幫不上忙。」

「那、那個……我也覺、覺得我幫不上忙……」

感受到真暮視線的琴子也鼓起勇氣，順著星史郎的話說。

如果要找的贓物有付喪神跟著，琴子或許能分辨得出來。

然而，現在根本不知道失竊的盤子有沒有付喪神，而且類似的商品太多了。實際上穿越東鳥居之後，琴子已經看到無數藍色花樣的盤子。

「所以我個人認為……今天就放棄吧——等等！真暮先生？」

星史郎的話還沒說完，真暮就大步往前走。

星史郎慌慌張張地追上，琴子也迅速跟上。

「那個僥倖警部，根本沒在聽人說話呢！」

「說、說什麼風涼話……不過，真暮警部該不會打算這樣巡完整場吧……」

儘管脖子上沁出汗水，琴子還是急忙跟上前面兩名男子。

真暮在陶器攤販前停下腳步，仔細盯著商品檢查。之後，只要看到類似的東西，就會用下巴指示星史郎查看，並且低聲耳語。

「星史郎，如何？這應該很值錢吧？」

「這個嘛……也不算值錢……如同標價一樣，五百圓是合理價格。」

站在二人背後的琴子聽到這樣的悄悄話。

唉……阿螢毫無顧忌地大口嘆氣。

「白底藍色花紋，只有這個特徵找不到啦！」

「果然沒辦法啊……」

「那種盤子這裡多得是。在這些堆積如山的商品中，靠這點資訊找出一個特定的盤子，就算是付喪神也辦不到啊！這妳應該知道吧？」

「嗯，我知道……」

琴子環視周遭。

神社境內，有很多樣貌是人或動物，但沒有肉體的存在。

琴子看不見妖怪之類的東西——也就是說，眼前出現的都是付喪神。比骨董堂要多數十倍的付喪神，就像在舉辦自己的慶典一樣，一臉享受的樣子。

「好厲害喔……這裡賣的東西竟然都是真的骨董。」

「這和真假無關，裡面還是有很多贗品……不過，付喪神可不分貴賤。」

經過近百年歲月的舊物，只要保持可以依附的狀態，就會有付喪神，就算是售價百圓或數千圓的東西，也可能會有付喪神。

即便經歷對人類來說難以想像的漫長時間，只要依附的物品能夠保持良好狀態，付喪神就能一直存在。而且，重視舊物的文化越根深柢固，付喪神就越多。

這樣的骨董市集，就是文化釀成的結晶。

「星史郎，那個怎麼樣？這個呢？」

真幕指著陳列的商品詢問星史郎。然而，星史郎總是一臉傷腦筋的樣子搖搖頭。

呵呵呵……兩人身旁傳來笑聲。

「那個人還真沒眼光，旁邊這個眼神看起來倒像是個專家。」

真幕等人顧著說話，琴子從旁窺探聲音的來源。

說話聲來自隔壁的攤販。

一位像阿螢一樣嬌小的女性，穩穩地坐在堆積如山的陶瓷器上。

她是付喪神。

不過，她的外表和宛如西洋妖精的阿螢不同。感覺非常有日本風格，應該是說，有點像賭場大姐頭的感覺，胸部纏著布條並穿著露出肩膀的和服。

「哎呀，這位小姐。妳看得見我嗎？」

那位嬌小的女付喪神向琴子搭話。

琴子趁真暮沒注意，悄悄往付喪神靠近，並點了點頭。

結果，那位付喪神馬上拍著膝蓋站起來說：「我的天哪！」

「我說，妳啊，要不要把我買回家？不會讓妳吃虧的！」

「咦？」面對突如其來的推銷，琴子覺得很困惑。

結果那位付喪神一臉受不了的表情回頭看，用大拇指指向攤販的老闆。

一位掛著擦手巾的老人，在椅子上打盹。

「這裡的老闆搞錯我的用途，把我當成碗，簡直就是個蠢蛋……這種亂七八糟的整理方式，妳自己看。」

付喪神這麼說，琴子也同意。

各種商品像大雜燴一樣亂放，陳列狀態實在不太好，疊在一起的盤子看起來好像隨時都會倒。標價有的一百圓，有的五百圓。

「標價也都亂標一通。」

「大姐，妳才五百耶。」

「價錢真的要重寫！我才沒那麼廉價！我是不知道他在搞什麼臨終計畫，拍賣一些不知所以的東西是無所謂，但是也不能這樣全部亂賣啊……」

「畢竟太便宜反而賣不掉啊！」

阿螢表示贊同，女付喪神馬上深深點頭說：「小子，你還滿懂的嘛！」

「小姐，拜託妳。把妳家那位貌似專家的人請過來吧！內行的人一定不會丟下我不管，好嗎？」

阿螢對困惑的琴子說：「妳就叫他過來吧！」

「反正如果是便宜貨，老頭的孫子也不會有反應。」

「小子，你還真敢講。不過，看到我還沒反應的男人，那就表示他沒眼光。」

「琴子，她都這樣說了。或許也是個試探他眼光的機會喔！」

「小姐，去吧！上啊！」

女付喪神像在勸酒一樣推著琴子的背，琴子最後還是把星史郎叫來了。

「那、那個……星史郎先生……可以過來一下嗎？」

為了不被正在瀏覽無數盤子的真暮發現，琴子小聲地向星史郎搭話，而星史郎也回應了。「琴子小姐，怎麼了？」他似乎發現琴子的意圖，所以也低聲回話。

「啊，難道是有什麼線索了嗎？」

「不、不是的……其實是那間店的陶瓷器……」

琴子手指過去，星史郎便問：「是這個嗎？」並仔細觀察琴子所指的商品。因為老闆還在睡，所以星史郎沒有伸手觸碰，而是一直盯著看。

「呃，這個該不會……」

「喔，上面有付喪神，要我叫星史郎先生過來看看……」

「五、五百圓？」

星史郎突然叫出聲，琴子嚇得全身僵硬。

因為星史郎的叫聲，老闆「嗯？」了一聲，便醒過來。

「這位客人，怎麼了嗎？」

「這個價格沒有標錯嗎？五百圓嗎？」

「沒錯，這個碗五百圓。」

「請賣給我！」

星史郎遞上千圓鈔票，感覺還沒睡醒的老人收下錢，用報紙隨便包裝一下，說完「感謝惠顧」便把商品交給星史郎，接著連找錢都忘記就直接睡著了。

「那個，星史郎先生，他還沒找錢……」

「不，沒關係……啊，就是有這種寶物可以挖，所以我才無法抗拒骨董市集的魅力啊！」

星史郎很寶貝地抱著買來的商品，眼神像少年一樣閃閃發光。

「咦，這是寶物嗎？」

「是啊，標價五百圓實在太對不起它了。」

「那是碗嗎？老闆剛才這樣說。」

「不，這是一種叫做『盃洗』的物件，喝酒的酒杯叫做『盃』，而這個就是洗酒杯用的道具。」按照星史郎的說法，現存的盃洗大多製作於江戶後期至明治時期，當時還有用一個酒杯共飲的習慣。

現在大概只剩下在神社結婚，夫妻才會共用酒杯，但當時在日常酒席中，也會用一個酒杯共飲。也就是大家輪流用酒杯喝日本酒。當然，因為身分有高有低，由上往下傳的時候當然沒問題，但是由下往上傳的時候，以酒杯直接就口算是有失禮儀。

「……所以這個時候就要用盃洗了，因為現在已經沒有這種用法，所以最近很多人會把它當作盛裝料理的小碗。畢竟盃洗的原型，就是料理用的小碗，直到有共飲習慣的時期，才衍生出這樣的道具，也難怪老闆會搞錯了。」

「哎呀，這個人果然很內行呢！」

坐在盃洗上的大姐頭付喪神佩服地說。

星史郎雖然沒聽到這句話，但也露出微笑。

「那個……星史郎先生，你看起來很高興呢！」

「是啊，如果是我的話，會標價三十萬喔！」

「咦？那、那才五百圓……」

「所以我才問老闆有沒有標錯價錢啊。」

「哎呀哎呀，真是有眼光啊，他在這個業界應該還算年輕，真是令人敬佩啊！」

盃洗的付喪神似乎很滿意星史郎的訂價。

「這、這樣啊……也會有這種情況呢……」

「雖然這裡也會有老字號的骨董店擺攤，但基本上就是個跳蚤市場。不過，話說回來，這還是琴子小姐的功勞呢！」

「是、是這個盃洗的付喪神，來找我搭話的。」

「你說什麼功勞？」

此時，真暮突然鑽進琴子和星史郎之間。

「啊……沒事，真是抱歉。因為琴子幫我挖到寶……」

「挖到寶啊……真不愧是幸運女孩。」
「幸、幸運女孩嗎……不，沒有這回事……」
「不過，挖寶我也不會輸的！」
眼神發光的真暮說出這句話，讓琴子頓時感到緊張。
「星史郎！後田琴子挖到的寶物價值多少錢？」
「三、三十萬。」
「好，你說三十萬對吧！那我就要找出超過這個價值的東西！」話才剛說完，真暮就速速邁開腳步。
「等——等一下，真暮先生！你搞錯目的了吧！」
星史郎慌慌張張地追上去，但真暮卻堅持「不，目的沒有錯！」沒有停下腳步的意思。
「如果可以找到贓物又挖到寶，那就是一舉兩得。」
「他不知道魚與熊掌不能兼得的這句話嗎？」
雖然阿螢這樣吐槽，但是真暮也聽不見，逕自開始認真物色攤販。
「啊，找到了！各位，久等了！」
此時，雙手抱著四個寶特瓶的鼓持，也過來會合。

「哎呀，停車場都塞住了，神社境內也是人山人海啊……啊，琴子同學，請享用。要是中暑就糟了～」

鼓持遞上運動飲料，琴子慌忙地接下。

鼓持把寶特瓶遞給星史郎之後，也給真暮一瓶。不過，真暮伸手制止他的動作，鼓持似乎得知真暮的心意，馬上就停手。

「警部正在全力搜索中對吧！這麼認真的眼神……查明真相只是時間早晚的問題而已！」

「比起預防中暑，拜託給這傢伙來一瓶可以冷靜下來的飲料……」

目瞪口呆的阿螢說出自己的感想，琴子也非常認同。無論是人還是付喪神都好……好希望有人能治一治他們。

「鼓持，怎麼樣，這是不是被盜的盤子？」

「不，警部！贓物應該不會只賣三百圓。」

「星史郎，那這個怎麼樣！有沒有超過三十萬的價值？」

「不，一如標價，一千圓是合理價格……」

聽到三個男人的對話，星史郎手邊的盃洗付喪神驚訝地說：「哎呀，這傢伙真是糟糕。」阿螢則是無力地搖搖頭，嘆了口氣。

「我決定像沒事一樣，好好享受這個骨董市集，琴子妳也這樣做吧！」

「這樣……也好……」

認真和真暮一起做這些事，就會白白浪費一天。

本來就不知道要找的贓物是不是真的在骨董市集裡，就現實層面考量，不太可能找得到，與其說是搜查，不如說是在賭博。

琴子信步離開這群男人。

雖然不能離太遠，但也能逛逛商店，站在有付喪神的攤位，看著阿螢和付喪神聊天。

「喔！生意怎麼樣啊？」、「什麼？你今天從青森來啊？」、「哇，光澤很不錯喔！」阿螢活力充沛地和其他攤販的付喪神們打招呼。聽到這些對話，讓琴子覺得很開心。

「這傢伙看得到我們喔！」有時候阿螢會驕傲地提起自己的主人，琴子雖然很難為情，但還是覺得很高興。

琴子一回頭，發現男人們已經往前移動了。

他們走走停停大部分都是因為真暮，不過這個距離大概也不會走散，所以琴子決定安心地和阿螢一起逛攤販。

就在這個時候——

「咦，你說什麼？」

那是在某個攤販聽到的事情。

阿螢在和小狐狸付喪神聊了一會兒後，突然發出驚訝的聲音。

小狐狸付喪神端莊地坐在稻荷神擺飾的旁邊。

「你剛剛說有一家店在賣贓物對吧……能告訴我詳情嗎？」

小狐狸付喪神點點頭，表示同意。

「我來這裡之後，就聽到悲痛的叫喊聲。仔細一聽，發現那聲音是在說：『好想回家、不想被賣掉』，不過我當時沒有太在意。」

「你竟然不在意！」

「我剛開始以為是被典當的東西，這種情形很常見啊……不過，在那之後我又聽到對方說：『我被偷了』，仔細聽內容才知道，那裡的老闆就是最近在這一帶專偷骨董的小偷！」

「琴子！該不會是……」

琴子瞄了一眼攤販的老闆。

不知道是不是太熱，老闆正在陰涼處拚命搧扇子，好像沒空注意琴子。

「那、那個，你是在哪裡聽到的呢……」

一找到機會，琴子就低聲詢問小狐狸付喪神。

結果，小狐狸付喪神嚇了一跳，睜開細長的雙眼。

「哎呀，妳看得到我嗎？這還真奇怪……不對，應該是我們比較奇怪吧！失禮了，不過，這也是將壞人繩之以法的大好機會呢！」

「我、我會努力，抓到壞人……」

「那就拜託妳了——是那間店。」

小狐狸付喪神說完，便指向有問題的攤販。

確認方向之後，琴子眨了眨眼。

不知道是不是時機太不湊巧，已經繼續往前移動的真暮等人，剛好就停在那個攤販前。

「我聞到了……真的聞到了……就是這一帶，有寶物的味道……」

「真暮先生，這裡的價格與其說是合理……不如說是略貴了一點。」

「不，我的第六感有反應，這裡一定有寶物。」

「警部的第六感啊！那就表示這裡面一定有寶物！」

「鼓持先生……你有在聽我說話嗎？」

那三個人的對話——似乎是這樣。

琴子雖然聽不見，但小狐狸付喪神已經告訴她談話的內容。小狐狸的聽力很敏銳，就連十幾公尺外的低語也聽得一清二楚。耳朵彷彿在收集聲音似地抖動。

「看來這個僥倖警部的僥倖功力又要發動了……」

沒想到真暮的第六感真的派上用場，喃喃自語的阿螢感覺快要從肩膀上掉下來了。不過也可能是因為目瞪口呆的琴子肩膀下垂的緣故。

「呃……琴子，總之先過去看看吧！」

「嗯、嗯……」

「萬事拜託了。」小狐狸付喪神目送琴子離開，琴子和阿螢一起走向真暮等人正在爭執的那家店。

一步一步慢慢靠近，琴子從三人背後窺探攤販。

陶器被仔細地陳列在如長椅般的低矮貨架上，擺放的方式和剛才星史郎馬上決定購買盃洗的地方截然不同，看得出來老闆非常有心在做生意。

不過，更能深刻感受到的是，商品上付喪神們的悲嘆。

仔細一看，幾乎每樣商品都有付喪神的身影。

然而，大家的表情都很沉痛，一副很沮喪的樣子。

不知道是不是被他們的念力影響，只要真暮等人在攤販前停下腳步，其他客人就像在閃避什麼不好的髒東西一樣，匆匆走過這一攤。

「嗨，各位付喪神的夥伴們！」

琴子肩上的阿螢打招呼之後，一臉了無生氣的付喪神們卻沒什麼反應。不過——

「我問一下，你們都是被偷走的嗎？」

聽到這句話，付喪神們紛紛抬起頭。

「……對啊，我被偷了」、「大家都是被那傢伙偷來的」、「主人把我照顧得那麼好……」付喪神們開始低語，還有付喪神說完「好想回家……」就開始潸然淚下。

「這樣啊，你們真是受苦了……順帶一提，片瀨家的盤子在這裡嗎？」

阿螢這樣一問，青蛙外形的付喪神馬上跳起來回答：「在！我在這裡！」因為是小小的雨蛙，所以不跳起來實在很難注意到。「是我！我就是片瀨家的盤子！」

真的在這裡，琴子大吃一驚。

沒想到真的能找到……而且真暮警部的直覺還真準……琴子的感動包含了雙重含義。

此時，有個聲音說：「喂，你們幾個！」

「本來以為你們是被退回來，沒想到是被偷了，看來很可疑啊！這幾個人也從剛才就一直在討論什麼贓物。」

在星史郎手邊的盃洗大姐頭付喪神站起身來。

「要抓犯人，現在可是千載難逢的好機會。這些人可是衙門的官差啊！」

盃洗大姐頭付喪神用古老的詞彙形容警察。

接著，阿螢也不服輸地站了起來，拍了拍琴子的臉頰。

「是啊，而且這裡還有可以聽到我們聲音的後田琴子在啊！」

阿螢自信滿滿的說法，瞬間引起攤販上的付喪神們一陣騷動。

被無數閃耀的期待眼神盯著看，讓琴子冷汗直流。

畢竟有其他人在場，只能由阿螢負責和付喪神們溝通。

（結果，好像只能由我來想辦法了……）如果光靠付喪神的力量就能解決，那事情早就塵埃落定了。就是因為不能解決，大家才會煩惱。

琴子已經呈現半放棄狀態，而且也下定決心了。

（沒問題的……只要不著痕跡地把星史郎先生叫過來，和他商量就好……）

琴子已經想好作戰計畫，但就在這個時候——

「各位已經在這裡一段時間了，決定要買哪一個了嗎？」

老闆堆著笑臉向真暮等人搭話。然而——

「不，我不能買。」

面對如此厚臉皮的真暮，老闆的笑容瞬間出現裂痕。

「這樣啊……那個，我希望能挪出空間，讓其他客人也過來逛逛……」

看來老闆是想趕走這三個阻礙他做生意的男人。

「抱歉……」察覺老闆心思的星史郎，低頭致歉並拉住真暮的手臂，似乎打算撤退。

「琴子，糟了、糟了。」

「啊——星史郎先生，這個盤子很美吧！」

琴子不禁喊出聲。

不知道是不是因為還沒作好心理準備就開口，琴子的聲音不僅變調，還出乎意料地大聲，因此受到在場所有人的視線攻擊。

「那、那個……不只那個盤子，這裡每一件都是很棒的舊貨呢……」

琴子笑著擠出這些話，她了解此時自己的臉頰就像被釣鉤拉起來一樣不自然。

「很好，還差一點！」阿螢從背後推了琴子一把。

聽到這句話，琴子已經作好心理準備。她的視線仍然朝著付喪神們依附的物件，悄悄握緊拳頭，張開像貝殼一樣緊閉的嘴巴。

「雖然您開的價錢的確符合商品的價值……可、可是……要蒐集這麼多，一定很辛苦……」

「妳……到底想說什麼？」

被老闆一瞪，琴子彷彿痙攣發作似地全身僵硬。

（怎、怎麼辦，好想哭……誰來救救我……神哪……八幡大神啊……）

正當琴子懼於老闆如同恐嚇般的魄力，拚命祈禱的時候——

「……嗯，是這個嗎？」

真暮突然喃喃自語並且開始行動。

他輕巧地拿起琴子說的盤子，仔細查看。

「這位客人，如果沒有要買的話，這樣動手動腳不太好吧！」

「老闆，你等等。喜歡的話我可能會買，但也可能不會買。」

「到底買還是不買啊！算了，我不賣你了！」

面對真暮傲慢無禮的態度，不耐煩的老闆打算搶回盤子。

然而，就在那一瞬間，青蛙付喪神拉住真暮大喊：「不要啊，不要放手！」

同時，盃洗大姐頭付喪神也說：「好，我來幫你！」便從星史郎的手臂跳到真暮的手臂上，和青蛙一起抓住真暮的手。

以此為開端，攤販裡的小小付喪神們都一起聚集在真暮的手上。大一點的付喪神則是集結在真暮的腳邊，又推又拉地，不讓他走。

「嗯？這是……」真暮驚訝地叫出聲。

「盤子離不開我的手。」

「不，這怎麼可能！」

老闆用力拉住真暮的手，付喪神們拚命與之對抗。

盃洗大姐頭付喪神用小小的手拉住真暮的衣袖，老鼠和松鼠付喪神也跟著仿效。

青蛙付喪神抽抽搭搭地哭著，緊抓真暮的手不放，在自然界中，屬於天敵的蛇付喪神從旁接近，纏住真暮的手和盤子，浮在半空中的章魚付喪神，更補強似地用無數的章魚腳五花大綁住真暮的手。

為了不讓真暮離開，腳邊由比實物大的小象和豬等有份量的付喪神撐著。

雖然只有琴子看得到，不過這場景的確是激烈的全力對戰。

「你這個……冥頑不靈的傢伙！還不，快點，放手！」

「就跟你說我放不掉啊……不，難道是我抓著不放？我的直覺、第六感告訴我不要放手？」

「到底在亂說什麼——還給我！」

「哇啊啊——」老闆用力拉的瞬間，付喪神們發出慘叫同時彈飛出去，然後四散在地。腳邊的付喪神們也像被風吹走的紙氣球一樣在地上滾動。

「好了，走開、走開！我不做你們的生意！」

搶回盤子的老闆一臉不耐煩地這樣說，像在趕狗似地揮手。依附在老闆手裡的盤子的青蛙付喪神正在嚎啕大哭。

看到付喪神迫切求助的樣子，琴子拚命思考。

就算在這裡說盤子是贓物、老闆是小偷，姑且不論星史郎，就連真暮和鼓持都未必會相信。最好的方式，是讓真暮確定老闆就是犯人，並且當場逮捕他。

既然如此，那自己能做的事情只有——

「那——那個！」琴子走向老闆。

「能、能不能讓我再多看一下？」

「不要！反正妳就是想挑我毛病！」

「不是的，那——那個盤子對我說話了！」

聽到琴子的話，老闆瞬間停止動作。

然而，下一刻馬上嘶啞地說：「什麼？」

「妳到底在說什麼？怎麼可能？盤子才不會說話！」

「不，那……倒未必……那個，拜託——」

「哎，真的是——煩死了！」

老闆對纏人的琴子徹底失去耐心，一把抓起琴子的手臂。他用力扭著琴子的手臂，硬是把琴子趕離攤販。

「好痛……」

因為老闆太過粗魯，琴子忍不住慘叫。

就在此時，情況大翻轉。

「好了，你這是暴力罪。現行犯，請跟我到警察局一趟。」

「什麼？」老闆這麼一說，真暮瞬間啪地一聲出示黑色的警察證件。

「呃……你是……警察……」

「當然。」

「沒錯！他就是大名鼎鼎的真暮真司，不只是警察，還是鎌倉首屈一指的精英警部！」

鼓持在默默點頭表示肯定的真暮身邊，一如往常地大拍馬屁。

「呃，現行犯……不、不，我只是要趕她走，所以才稍微抓住手而已——痛痛痛！我的手要斷了！」

還在說話就被真暮一把抓住的老闆，發出慘叫聲並跌坐在地。

「怎麼可能會斷。我只是跟你剛才一樣稍微抓住而已。」

「不是，你往奇怪的方向扭耶——好痛！」

應該是老闆每說一句話力道就會加強，不過琴子卻看不出所以然。看上去真暮的確「只是稍微抓住而已」。

和之前在骨董堂逮捕竊盜犯的時候一樣，他好像施了什麼魔法。

「所以要請你跟我到局裡好好說明。反正我們會幫你叫豬排飯，不用客氣，慢慢說就可以了。」

「你根本沒在聽我講話吧！我不需要什麼豬排飯，而且你說什麼暴力，未免也太誇張了。」

「不，你用這種粗魯的方式對待弱女子才誇張。你剛不也喊痛嗎？如果是女性的皮膚，稍微用點力就可能會瘀青喔～」

「我、我的攤子也不能就這樣放著不管啊——」

「沒問題，我們會負責派人照料。拜託了，星史郎。」

真暮突然指名，星史郎指著自己的臉說：「咦？我嗎？」

面對他的動作，真暮用力點了點頭。在這段期間，鼓持已經迅速帶走老闆。嫌犯連找藉口的時間都沒有，工作效率實在太好了。

「雖然還沒找到盤子，但是既然親眼目睹施暴現場，我就得一起去警局……星史郎，那這裡就拜託你了。」

真暮留下這句話之後，精神抖擻地離開了。

琴子愣愣地和周圍的攤商以及在場的行人一起目送真暮離開。

「琴子、琴子！」

阿螢在耳邊叫了幾聲，琴子這才回過神來。

「手臂沒事吧？會不會痛？有沒有傷到筋骨？還是內出血？」

「我、我沒事，阿螢，謝謝你……」

「沒事就好……真是嚇死我了。妳這算是勇敢嗎……總之妳盡力了。」

「琴子小姐，沒事吧？」星史郎和阿螢一樣，急忙過來詢問狀況。

「對不起，因為太突然了，我沒搞懂妳的意思，應該是說我太不善解人意了……不過，琴子小姐堅持要看的盤子該不會就是……」

「對，就是它……片瀨家的陶盤就是這孩子……」

琴子遞上陶盤。

星史郎接過並開始確認。

「白底藍色花樣……啊，的確沒錯。而且，這恐怕就是古伊萬里的真品。的確有被偷的價值。」

「真的嗎？」琴子回問，從其他角度翻看陶盤的星史郎深深點頭。

「是個好物件。而且，除了花之外的圖案很有意義。」

星史郎將陶盤傾斜，以展示圖案，琴子也仔細觀察。

「這是……平安時期的貴族……嗎？」

「對這是小野道風。他是當時的書法家，現在則被當成書法之神祀奉。陶盤上描繪楊柳樹下撐傘而立的道風圖樣，稱為『青蛙與小野道風圖』，也是花牌上的固定圖案喔！妳看，這裡有一隻青蛙。」

星史郎所指的位置，有一隻青蛙正要抓住剛好垂在道風旁的柳枝。

「據說道風當時正在感嘆自己江郎才盡，煩惱要不要退出書法界。」

「他明明是被奉為神明的書法家耶……」

「應該是所謂的低潮期吧。反正就在這段期間，道風某次在雨中散步，遇到一隻青蛙好幾次都試圖想跳到柳枝上。而且，道風還很瞧不起這隻屢戰屢敗的青蛙。」

「咦？瞧不起嗎……」

「就算是低潮期，連青蛙都遷怒，未免也太任性了吧……」

雖然琴子和阿螢目瞪口呆，但星史郎仍然以溫和的表情繼續說下去。

「此時，突然吹來強風，柳枝被吹彎，青蛙抓準時機跳上去，終於成功跳上枝頭。看到青蛙耿直地努力，偶然獲得機會的光景，讓道風深感自己的努力不足，從此之後他便發憤圖強，不斷努力。也就是說，道風或許是因為和這隻青蛙相遇，才能成為被奉為神祇的存在。」

哇……琴子發出感佩的讚嘆聲後，青蛙付喪神便在陶盤的邊緣跳了一下。

看到這一幕，琴子不自覺地露出微笑。

「星史郎先生，其實這陶盤的付喪神是雨蛙喔！」

「咦，這樣啊……和這只陶盤很配呢！」

「剛才真暮先生說他無法放手……其實就是因為青蛙付喪神抓住他不放。青蛙說他不要、不想離開……結果其他付喪神也都一起來幫忙留住真暮先生。」

「真暮先生剛才的確是有點奇怪，沒想到竟然是這樣……不過，付喪神竟然有干涉人類的力量呢！」

「這我也不清楚……」

「因為這裡是八幡大神的地盤啊！」

盃洗大姐頭付喪神回答二人的疑惑。

「鎌倉有十三佛靈場、三十三觀音靈場巡禮的路線，自古以來就是靈力匯集之地。所謂的靈力，其實就像是魂魄的力量。在匯集靈力的地方，只要稍微努力一下，付喪神也能擁有力量。而這個鶴岡八幡宮，就像是鎌倉的靈力集散地啊！」

「八幡宮是鎌倉的靈力集散地啊……原來如此，所以才會……」

「不過，如果只有我一個還是沒用，一切都是因為有大家拔刀相助啊！」

青蛙付喪神呱呱呱的鳴叫聲沁入人心。

「……剛才的事情，就像青蛙與小野道風的故事啊！」就在萬事俱備的一瞬間，永不放棄的付喪神們，抓住了真暮這個機會。得知這件事之後，琴子不禁發出感慨的嘆息。

在攤販商品前站得直挺的星史郎沉吟：「嗯……」

「話說回來，這裡除了古伊萬里的作品之外，還真是蒐集了不少好東西啊！」

「啊，沒錯！這裡的付喪神告訴我，他們大多都是偷來的！這家店的主人就是小偷！」

「咦？」聽到琴子的報告才得知真相，星史郎驚訝地張大嘴巴。

「這樣啊……那我來跟真暮先生說這件事。不過，還不知道能不能湊齊贓物和剛才的老闆就是犯人的證據。」

「拜、拜託了。大家都想回到原本主人的身邊。」

「好，我先傳訊息過去。接下來……對了，我們先休息吧！」

星史郎在石階上坐下，所以琴子也跟著在他身邊坐了下來。

真暮拜託星史郎看著攤子，所以在他們回來之前，哪都不能去。

在付喪神的包圍下，琴子眺望著開始恢復熱鬧的骨董市集。這次雖然也捲進不得了的事件，但所幸還是平安解決了。

「琴子，要記得攝取水分喔！」阿螢叮囑之後，琴子乖乖地喝下鼓持之前拿給自己的飲料。

當她仰起頭以水分潤喉時——突然看見上空飛過白色的鴿子。

鴿子是八幡宮的使者，而且白鴿更是吉兆。沐浴在陽光下的白色羽翼，宛如神明的使者，每次拍動翅膀，都閃耀著莊嚴的光輝。

不知道為什麼，總感覺這情境像是神明給自己的賞賜，琴子不禁露出微笑。

三小時後，真暮才帶著支援的人手回到現場沒收贓物。

琴子和星史郎本來已經作好要等一整天的心理準備，不過因為老闆有前科，很快就遭到逮捕。

攤子裡的商品都是有人報失的贓物，當初老闆對琴子施暴的罪行，反而變得無足輕重，反倒挖出更多其他犯罪事項。那個老闆剛開始還很有魄力地邊抱怨邊吃豬排飯，後來似乎也放棄否認罪行了。

「真不愧是鎌倉骨董祭，挖到的寶物還真多！」

鼓持開著車，坐在副駕駛座的真暮吹著窗外的風，心情大好地說著。

「哎呀，這就是所謂的順藤摸瓜啊！在那家店前駐足的靈敏嗅覺，真不愧是警部！」

就算是手握方向盤，鼓持也可以毫無雜念地大拍馬屁。

坐在警部和刑警的後方的琴子，身邊是寶貝地抱著盃洗的星史郎，真暮打開車窗吹進來的涼風，琴子也能感受到，原本因為整天在外而升高的體溫恰到好處地冷卻下來。

「話說，這次我的直覺本能好像覺醒了……喂，後田琴子！」

「什、什、什麼事？」

突然被真暮點名，本來沉浸在舒暢氛圍之中的琴子，瞬間從座椅上彈了起來。

「有、有什麼事嗎？」

「妳還沒看過湘南的海吧？」

琴子當下無法理解他在問什麼。

回想之前的記憶，琴子驚訝地搖搖頭。

「對、對啊……還沒……看過……」

「這樣啊。鼓持，直接往海邊開！」

咦？在琴子驚慌失措前，鼓持就馬上回答：「沿海兜風，收到！」

開上若宮大道的車，就這樣筆直前進，一路朝大海駛去。

「大海啊！真好，有夏天的感覺。」相對於很感興趣的阿螢，琴子對突然決定去兜風感到疑惑。

然而，不久之後便被湘南的海岸吸引。

「哇啊……」

因為七月陽光的照射，湛藍的大海閃閃發光，琴子不由自主地讚嘆。

一波未平一波又起的海浪，就像阿螢依附的藍寶石胸針，不斷因為光線的反射而發亮。

「妳果然是推理時的幸運物。」

完全被大海之美吸引的琴子，突然聽到這句令人緊張的話。

「……什麼？你剛才說——」

「我期待下次也有一樣的效果，妳要作好準備！」

聽到真暮這句完全不算回答的話，讓琴子陷入混亂。

（……下次？期待？作好準備？）

不理會嚇得無法回答的琴子，真暮等人為了送琴子和星史郎回骨董堂，而朝市區慢慢前進。

結果，琴子就這樣懷著不安的情緒，目送真暮等人的車離開，一面在心裡暗自祈禱，千萬不要有第三次像今天這樣被捲入案件中的情形發生。不過，琴子似乎忘了——

鎌倉燠熱的夏季才剛開始。

第四章 髮簪的失主

琴子就讀的大學在七月下旬期末考，考完的人就可以開始悠哉度過漫長的暑假。

升上大學三年級之後，除了那些熱中學習或者因為沒讀書而拿不到畢業學分的學生以外，課堂數量會減少，所以考試科目也不多。

取而代之的是，很多人開始找工作了。

自繡球花綻放的季節以來，大企業的實習——也就是企業的體驗實習就已經開始起跑，隔年春天會召開說明會，到了初夏就會開始正式選拔員工……這就是最近開始找工作的人基本的行程。

日本經濟團體聯合會為減輕大學生的求職負擔，求職期間已經從數年前開始就大幅縮短。

然而，求職期間縮短之後，各企業的面試日期就經常撞期，所以事先要花時間調查想去的業界和公司，這道手續的重要性大增。在排行程之前的準備工作，顯得比以往更重要。

因此，「夏天就是求職季」這一點還是沒變，找工作仍然是大學三年級的生活重心。

「找工作啊……」琴子像是在嘆息似地脫口而出。

結束上學期的期末考，琴子正在回程的電車裡。

平日白天的橫須賀線車廂中，只要沒有大型的團體觀光客，通常都空蕩到可以喃喃自語。不過，現在是小孩的暑假期間，所以車廂內擁擠得難以自言自語。

然而，相對而言因為有其他乘客的聲音，所以自言自語也不必擔心會被注意。

「已沒有這個必要了啊……」

愣愣地看著車窗外的夏季綠意，琴子又脫口說出這句話。

琴子在一年前也打算找工作。

但是，父母卻說：「妳不用工作，我們會照顧妳一輩子！」父母的過度保護，讓琴子覺得再這樣下去就糟了。因此，從那時候開始，心中就出現自己獨立生活、自力更生的人生目標。

然而，當父母說要搬到國外時，琴子又開始對找工作這件事猶豫不決。

琴子之前還在思考要不要一起出國，沒想到一回神就迎來繡球花開的季節，而且也已經開始在骨董堂工作了。

雖然現在只是包住宿的打工，但接下來琴子想運用自己的能力，從事骨董相關的工作。實現這個願景最好的方法，就是到一般企業工作。

「什麼？妳想去找工作啊？」

阿螢回應琴子的自言自語。

從這個時候開始，自言自語就變成兩個人的對話了。

「嗯──有點想……像這樣穿著合身的西裝……」

「哇──好難想像琴子穿著西裝的樣子！」

「喂，穿西裝這點小事，我也能做到好嗎？」

「喔──可以就好啊！」

因為阿螢這番話而悶悶不樂的琴子在鎌倉站下車。

走出車外的瞬間，肌膚感受到迎面而來的熱氣，讓人覺得剛才車廂內的涼爽應該是幻覺。走出充滿昭和風情的懷舊車站，藍天降下彷彿就要燒起來的炙熱陽光。這個時間點很少有陰涼處。

馬路上穿著短袖的人來來往往，琴子撐開陽傘走進人潮。

本以為自己能順利熬過熱浪，但回到骨董堂的時候，琴子已經累到不行。她無力地拉開店門，對裡頭打了聲招呼。

「我是琴子，我回來了──」

「喔，妳回來啦！後田琴子。」

在這種狀態下回到家，結果真暮竟然出現在店裡，讓琴子瞠目結舌。

「琴子小姐，歡迎回來。」

和真暮在一起的星史郎，苦笑著迎接琴子。

這種難以言喻的表情，讓琴子湧上不祥的預感。

雖然總是同時出現的鼓持刑警不在現場，但真暮基本上就是暴風雨的源頭，所以琴子內心的警戒程度已經升到最高點。

「啊……那我就先回房間了……」

「等等，後田琴子！大學好像從今天就開始放暑假了對吧？」

本來打算裝作什麼都不知道，就這樣逃走，但還是被抓到了。

「對、對啊。不過……那個……星史郎先生……？」

「是這樣的……真暮先生有事要找妳。」

「呃……」聽到星史郎這麼說，阿螢忍不住出聲。

琴子整個人彷彿置身南極暴風雪中，瞬間凍結。

「有、有事……呃……請問……有什麼事……」

「已經沒事了，那我先走了。」真暮說完便乾脆地回去了。

「呃，到底是什麼事啊？」大門輕聲關上後，琴子仍然站在原地，完全搞不清楚狀況。

「真暮先生說，見到琴子小姐狀況就會很好。」

背後傳來星史郎的聲音，琴子狐疑地回過頭說：「……什麼？」

「呃……狀況很好？什麼狀況……？」

「他也沒有仔細說，大概是工作狀況吧……琴子小姐跟我一起參與了好幾次骨董相關的案件對吧？當時每個案件都順利解決，所以真暮先生好像認定妳是他的幸運物。」

「什麼啊？誰需要這種認定啊……」

阿螢說出琴子的心聲。

琴子覺得不需要，甚至殷切期盼真暮可以收回這種認定。

「……如此說來，從八幡宮的骨董市集回來時，他說過我是幸運物。」

從幸運女孩變成幸運物。看來在真暮心中，琴子已經從「出現在真暮解決案件現場的幸運女孩」變成「增強真暮推理能力的道具」……真的是很令人困擾。

（不……反正只要不是被捲入案件裡就好了……）

琴子心想如果只是來見一面，應該也不需要這麼排斥。

……不過，如果連續好幾天都來，那就另當別論了。

「那個，真暮警部……今天也有事——」

「啊，沒事了。那我先走了。」

今天真暮也一個人來到骨董堂，看琴子一眼就回去了。

前後只用了一分鐘的時間。

從琴子放暑假以來，真暮每天都來報到。

截至今日已經為期兩週了。

「……實在很令人心焦啊……」

不知道為什麼，琴子不知不覺脫口說出這種古語。

沒被捲入案件之中應該算是幸運，但是每天沒什麼事也找上門來，然後又馬上走人，這種行為本身就很令人煩躁。

阿螢對氣得鼓起臉頰的琴子說：「好了，冷靜、冷靜。」阿螢小巧的臉，一副受不了的樣子。

「……那什麼表情？」

「不是啦——我在想那傢伙還真是喜歡妳。」
「他喜歡的是幸運物……可是我又不是物品。」
「說得也是。他又不是因為妳才變幸運，而是妳解決了那些案件啊！」
阿螢安慰琴子，表示自己也知道事情的原貌。
「可是再這樣下去，妳又會被捲入其他案件耶。」
「呃，不是吧！我才不要，我已經受夠了……」
琴子一垂下頭，旁邊就傳來好幾個竊笑的聲音。
那是付喪神們的笑聲。
依附在珊瑚項鍊上的金魚付喪神、上個月骨董祭時星史郎採購回來的盃洗大姐頭付喪神、站在風鐸上的松鼠付喪神、長得和小狗擺飾一模一樣的狗狗付喪神，聽到琴子的悲嘆都笑了起來。
「呃……你們為什麼都在笑啊？」
「覺得人類很有趣啊！」
「這是春天的氣息嗎？哎呀，現在都已經是夏天了呢！」
「從春天到夏天，那個是轉瞬之間的事啊！」
「我對那種甘甜的香氣很敏感呢！」

「……你們到底在說什麼啊？」

「他在百忙之中抽空過來見妳，所以妳也不用這麼冷淡啊！我個人是不討厭三顧茅廬啦！」

掛軸老先生用一副什麼都知道的表情總結。

「大家到底在說什麼……他不來當然比較好啊！」

琴子搞不懂付喪神們話中的含義，就這樣困惑地過了一天。

看來，真暮還會像這樣繼續登門拜訪。

然而——

「話說，那傢伙最近不來了呢。」

阿螢看著外頭，像是想起什麼似地低語。

一週前，盂蘭盆節開始之後，真暮就突然不再上門了。

「哎呀，都是因為妳說不來比較好啦～」

「真的有言靈啦，不要隨便亂講話比較好喔！」

「該不會是察覺到琴子小姐的冷淡吧？」

「我的尾巴對這種情緒很敏感，一發現就會心情低落呢。」

聽付喪神們你一言我一語地鼓譟，讓琴子覺得心情很不舒暢。

為什麼自己好像變成壞人了呢……而且盂蘭盆節那三天，骨董堂本來就休息啊！

「話說回來，盂蘭盆節都已經結束了，真暮先生都沒來，不知道是怎麼了。」

星史郎就像是聽到付喪神們的對話似地，突然表達疑惑。

不來最好，這樣我的心靈才能平靜……琴子說不出這種話，只好跟著附和：

「對啊，不知道是怎麼了。」

「剛好是盂蘭盆節，會不會放假了？然後在老家悠哉度假之類的？」

「嗯……我想應該不是。真暮先生不是在盂蘭盆節回老家的人。畢竟他老家好像離這裡不遠。」

聽星史郎這麼說，琴子心想，真暮該不會和家人處得不好吧？還是覺得有空回家不如工作？總覺得真暮應該屬於後者。

「警察這種工作，只要有案子就沒辦法休息吧？」

「是啊……但願不是因為夏季感冒大病一場或是遇到什麼麻煩。」

「麻煩？」

「畢竟，他很有可能因為辦案碰到危險啊。」

星史郎這麼一說，琴子也想到警察這種工作當然有可能碰到危險。

「而且真暮先生這個人又很耿直，就算旁邊的人阻止也還是會光速行動。」

「這一點的確是非常……令人擔心呢。」

雖然真暮總是自信滿滿帶領周遭的人，但也不是什麼十全十美的知名警部，反而更像是謎警部，比一般警部來得危險。

想到這裡，琴子開始擔心真暮。

甚至對自己剛才心想「他不來最好」感到抱歉。

「對不起，竟然說了這種不吉利的話……不過，應該在我們快忘記的時候，他就會突然出現了。」

不知道是不是發現琴子的不安，星史郎開朗地這樣說。

「如果真暮先生有什麼意外，鼓持先生應該會聯絡我們。」

「呃……星史郎先生和真暮先生認識很久了嗎？」

「嗯……我們從我爺爺身體還健朗的時候就認識了，說久也算久吧！第一次見面的時候，真暮先生還是警部補呢！」

星史郎像是在搜尋回憶似地往上看，然後接著說：「我爺爺和琴子小姐一樣擁有看得見、聽得到付喪神的能力，所以會給真暮一些辦案的建議。因為這樣，每次只要有和骨董相關的案件，他就會來找我幫忙。」

「真暮警部也認識您的爺爺啊……」

「而且他還叫我爺爺幸運老頭。」

星史郎苦笑，被取了類似綽號的琴子也露出相同的表情，真希望他不要什麼都用幸運解決。

「真是的，我和老爺爺跟幸運一點關係都沒有啊……」

「不，我覺得你們很幸運喔！」

聽到琴子嘟著嘴巴一臉不滿地這麼說，星史郎委婉地否定。

「我很幸運……嗎？」

「是啊！就我來看，琴子小姐和我爺爺擁有的能力獨具魅力──能擁有這樣的能力，我覺得很幸運。」

「我……很幸運？」

琴子再度回首自己二十年來的人生。

琴子一直覺得，自己的人生是因為這種能力才變得悲慘。因為特殊能力而產生不好的回憶，覺得自己很悲慘，很心痛，很痛苦……

……然而，這些痛苦真的都是因為特殊能力造成的嗎？

「我很羨慕妳和爺爺，你們看到的世界多了付喪神，一定比我所知的世界更熱鬧。所以啊，我也覺得琴子是幸運的女孩喔！」

「……可是，我不是幸運物。真暮先生之所以不來，說不定就是因為發現我根本就沒那麼好用……」

「那是因為琴子小姐不是物品啊！不過，真暮先生應該是覺得，看到琴子小姐自己就會變幸運，所以才這樣稱呼妳。」

「看到我就會變幸運嗎……可是，我怎麼可能……」

此時，大門嘎啦啦地打開了。

仔細一看，竟然是消失一個禮拜的真暮。

「啊，真暮先生，真是太好了。我還擔心你是不是出了什麼事，所以才沒來——」

「星史郎，有事情要拜託你。」

真暮一如往常，沒聽完星史郎的話就插嘴。

「拜託我？」

「你看看這個。」真暮從懷裡拿出一個小小的細長布包，並且在手掌上攤開。

裡頭是一支髮簪。

固定頭髮的雙釵前端有金屬製的花朵裝飾，下頭垂掛著數個像是短籤的細長金屬板。裝飾用的花朵有使用珊瑚，不過整體幾乎都是銀製的，可能因為年代久遠，所以顏色顯得有點暗沉。看樣子應該是不遜於骨董堂商品的老髮簪。

星史郎拿起髮簪搖一搖金屬板，便出現清涼的沙沙聲。

「嗯……這就是『步搖』吧。嗯嗯……我想應該是江戶後期左右的物件，真是精巧啊！」

「你有看過這支髮簪嗎？」

真暮詢問仔細觀察髮簪的星史郎。

「有沒有看過……嗎？」

「我正在找失主。你有沒有看過誰佩戴這支髮簪，或者知道哪個骨董商經手這支髮簪？」

「這個……抱歉，我是第一次看到。」

「確定嗎？」

「是，這麼漂亮的裝飾，我看一次就會記得。」

「這樣啊……」

「嗯？」在一旁看著的琴子覺得疑惑。

因為她感覺到真暮有一瞬間一臉失望。如果是平常的真暮，應該會滿不在乎地回答「說得也是」。

……早知道就不應該因為覺得不可思議而盯著真暮看。

「星史郎……還有後田琴子！」

「什、什、什麼？」

琴子因為突然被點名嚇了一跳，差點就倒在商品貨架上。

「有、有、有什麼事嗎？」

「我想找出失主，妳陪我一起去。」

真暮一副陪他一起去找很理所當然的樣子。

應該是說，他已經用了命令句。

琴子已經呈現半放棄狀態，心想自己也沒有拒絕的權利，接下來應該就會像平常一樣被拉著走吧……

「啊……真暮先生，抱歉。今天如果要馬上出發，我就沒辦法相陪了。」

「咦？」琴子不自覺地望向星史郎。

再望向真暮，發現他也露出驚訝的表情。「為什麼？星史郎你為什麼不陪我去？」

「我已經有約了。客戶要我去鑑定骨董。」

星史郎的話句句屬實。

除了宅配業者會定期上門之外，有客人的日子用手指頭就數得出來，自從琴子來了之後，骨董堂仍然經常處於開店但沒有客人的狀態。

因此，骨董堂主人的收入來源，大多來自骨董鑑定。而且，這是因為星史郎擁有鑑定的眼光才能勝任這樣工作。

「那——」

真暮看著琴子時，琴子避開他的視線。

琴子以眼神向星史郎求助，不過星史郎似乎也了解她的意思。

「啊，所以我不在店裡的時候，琴子小姐要顧店，所以她今天也……」

「後田琴子不在的時候，不是都臨時關門嗎？」

「呃……這樣做的話，會經營不善啊！」

「……這樣啊，我知道了。」

他終於懂了。在一旁冷汗直流的琴子這才鬆了一口氣。

然而，真暮可沒那麼簡單就按琴子想的那樣放棄。「那就這樣吧！我叫鼓持來顧店。你就把後田琴子借給我吧！」

「什麼……?!」

真暮提出出乎意料的交涉條件，琴子不由得驚訝地叫出聲。

充耳不聞琴子悲壯的驚叫，真暮開始打電話。

「啊，是我。鼓持，你在哪？什麼？你在骨董堂前面？還真巧，我正想叫你過來——」

「是！鼓持康隆二十六歲，接到真暮警部的電話馬上就趕過來了！」

還在講電話的時候，大門就嘎啦啦地打開了。可以看到外面有個活力充沛的刑警正往裡面看。「你好你好～」他一邊敬禮一邊打招呼。

「你還是這麼剛好就出現在附近，真是令人感動啊！」

面對真暮的稱讚，鼓持這樣說：「哎呀，真的是很巧啊～」

「不，他一定是尾隨真暮過來的啊！」

阿螢直接說出琴子的想法。

真的很想讓這些人聽到阿螢的吐槽……琴子真心這麼想。話說回來，真暮真的沒發現嗎？如果真的沒發現，他才是那個晚上走在路上需要注意自己身後的人。

「如此一來就沒有後顧之憂了。好了，幸運物後田琴子，出發吧！去找髮簪的失主！」

「呃，那、那個，等等，怎麼這樣——」

琴子連拒絕的時間都沒有，就被真暮推著肩膀，走入陽光之中。

她回頭朝骨董堂求助，只看到星史郎滿臉歉意。而且，鼓持還在一旁豎起大拇指說：「Let's enjoy!」

就在鼓持眨眼讓琴子心中冒出些許殺意的時候，真暮用手嘎啦啦地拉上大門。斷了退路的琴子，只能放棄掙扎。

「現在正值烈日炎炎的盛夏，我們快走吧！」

真暮說完便大步向前走。

要是沒跟上，不知道他又要說什麼，琴子只好心不甘情不願地跟在後頭。

如真暮所言，現在是八月下旬，真的是烈日炎炎。

晴朗的藍天裡，白色的積雨雲緩緩飄動。

植物的綠意比月初的時候更蒼翠，刺眼的陽光照射出的陰影，彷彿剪影畫一樣清晰地映在地面。比起一個半月前的骨董祭時期，景色的明暗對比明顯變得更強烈。

……雖然琴子現在沒有欣賞這些美景的心情。

酷暑加上和真暮單獨相處，這種狀況對琴子的身心而言都太殘酷了。總之，早上擦防曬還真是擦對了，話雖如此，沒帶到陽傘倒是失策了，烈日直射，皮膚好刺痛。

「琴子，還好嗎？」

阿螢看起來也很熱。

大概是依附的物品也跟著升溫的緣故吧！

「嗯、嗯……這個熱度我還撐得過去……阿螢你呢？」

「我當然沒事。胸針是金屬加玻璃做的，只要不是被丟進火爐，我都沒事啦！」

說完話後，阿螢堅定地挺直腰桿。

和阿螢長年生活在一起的琴子知道，這只是在逞強。

「要收進口袋裡嗎？」

「就跟妳說我沒事！比起我，妳的問題比較大吧？跟那個僥倖警部待在一起，真的沒問題嗎？老頭的孫子和馬屁刑警都不在，這種情形是第一次吧？」

「嗯……不知道耶……可能很有問題吧……」

看著真暮走在前面的背影，琴子不禁說出喪氣話。

真暮今天也穿著長袖西裝。

琴子穿短袖也覺得熱，所以完全無法理解他。明明要走這麼多路，他卻好像一點也不覺得熱。老實說，琴子覺得他比付喪神還要不可思議。

然而，他也不是一直都這樣令人無法理解。

完全不知道目的地，只是沉默地跟在真暮後面，真是除了鼓持以外無人能承受的苦行，該找個時間點詢問接下來的計畫了……

「……今天真的好熱啊！」

真暮突然嘆了一口氣，停下腳步並脫下西裝外套。

「後田琴子，妳還好吧？」

真暮回頭問，但琴子愣著沒有回答。

「……該不會已經不行了吧？」

「啊……不、不是啦！我還好……我是在想……真暮先生也會覺得熱啊……」

「妳在說什麼啊？當然會覺得熱啊！」

真暮露出不可思議的表情，一副「妳在說什麼啊」的樣子。琴子的確覺得真暮有點像妖怪之類的生物，不過看樣子他確實是普通人類。

「對不起……」琴子為自己對真暮扭曲的認知而道歉。

「不，是我要道歉才對。」結果真暮反倒向琴子道歉。

「咦……?!」

「這麼熱的天氣還把妳拉出來。我也覺得很抱歉。如果能開車進來的話，妳應該就不會這麼吃力，但是這附近的骨董店都在小町通和小巷子裡，這些地方都沒有停車場……話說回來，妳為什麼這麼驚訝？」

「還不是因為僥倖警部說了這麼正經的話……」

……沒辦法像阿螢這樣脫口而出，琴子只能用「沒事……」矇混過關。

琴子心想，往好處看的話，真暮其實不像想像中無理，應該可以跟他談談——

雖然半信半疑，琴子還是決定向真暮搭話。

「……那、那個。」

回想過去，琴子還是第一次向真暮搭話。

因為以前都竭盡全力想避開真暮，所以琴子從來沒有想過要主動搭話。

「嗯，什麼事？」

「我、我可以問個問題嗎？」

「妳說。」

「呃……你說要找失主，那我們現在要去哪裡？」

「去骨董堂以外的骨董店拜訪。我打算像剛才問星史郎那樣，去問其他骨董店的老闆。」

真暮乾脆地給了一個明確的答覆，出乎琴子的意料。

和真暮之間的對話竟然能成立，這一點讓琴子有點驚訝。而且，真暮很快就回答，所以也聊得很順暢。

「還有其他問題嗎？」

「暫時還……沒有……」

「是嗎？如果有什麼問題，隨時問我。」

真暮很客氣地結束對話，再度邁開步伐。

「琴子……這大概是我身為付喪神的人生中，最震撼的事了。」

阿螢看著走在前頭的真暮喃喃低語。

彷彿遇到什麼難以置信的事情似地，嚇得直眨眼。

「我是很了解你的心情啦……不過，讓你驚訝的事情有這麼少嗎？」

「啊……也不是啦！這是騙妳的，我太誇大其詞了，對不起。有兩件事和這一樣震撼。」

「咦……什麼時候？」

琴子這麼一問，阿螢露出滿意的微笑，接著回答：「這個嘛……第一次是得知骨董堂的老頭看得到我，也能跟我對話的時候。另一次是得知妳和老頭一樣能和我對話的時候。」

「全部都是因為可以對話而覺得震撼啊！」

「哎呀，這妳不也知道嗎？能和付喪神對話多麼令人驚訝。」

說得也是，琴子不禁露出微笑。

琴子天生就能和付喪神對話，所以一直覺得能對話是理所當然的事情，但阿螢就不是這樣了。

琴子現在非常能夠體會，阿螢得知能和星史郎的爺爺以及琴子對話，有多麼震驚。

他一定很驚訝、很驚訝——而且也像現在的琴子一樣，覺得有點開心。

琴子開始追上真暮的腳步，阿螢瞇著單邊眼睛問：「琴子，話說回來……剛才那個付喪神為什麼一句話都不說？」

阿螢的視線望向坐在真暮肩上的嬌小女性。

身形大小和阿螢差不多，年紀看起來比琴子大，應該和星史郎差不多。身穿銀色振袖和服搭配粉色腰帶，外表看起來很清秀。

其實剛才真暮到骨董堂的時候，琴子就發現她了。所以才知道髮簪應該和骨董堂內有付喪神的商品一樣，屬於有歷史的舊物。

「我剛才一直跟她搭話，可是她一點反應都沒有……要是能問出那傢伙的主人到底是誰，這場骨董店巡禮很快就能結束了啊！」

阿螢說完便直直瞪著髮簪的付喪神。接著，故意這樣大喊：「妳幹嘛一直不說話！妳一定聽得到我說話吧！」

然而，應該已經聽到聲音的髮簪付喪神，連頭也沒回。

「嗯……大概是不想說話吧……」

琴子還是不希望真暮向自己搭話。

即便現在已經知道真暮聽得懂人話，但還是認為那可能是僅此一次的奇蹟。琴子是因為不想被捲入案件和麻煩之中，而且真暮我行我素的查案方式很恐怖，應該是說，警察本身就很恐怖……髮簪的付喪神應該也是出於某種原因，所以不想和琴子等人說話。

「妳要是能告訴我們失主是誰就好了──」

阿螢站在琴子肩上故意對著決定沉默到底的髮簪付喪神大聲喊。

然而，看到對方完全沒有回應，阿螢放棄叫喊坐了下來。

「連緊閉的貝殼都有打開的時候，真拿那傢伙沒轍。」

「她不想開口也沒辦法。我們就再陪真暮警部一會兒吧！」

「妳自己也要適可而止。要是妳昏倒，我會詛咒那個僥倖警部。」

面對擔心的阿螢，琴子回應：「知道了，我不會硬撐。」

（要是能趕快找到線索就好了……）

道路的另一頭因為熱氣像海市蜃樓般搖晃，真暮繼續向前走。

琴子急忙追上他的腳步，生怕離得太遠。

之後琴子和真暮一起拜訪了幾家骨董店。

真暮每到一家店，就像問星史郎的時候一樣，拿出髮簪向店主詢問失主的消息。

然而，很遺憾的是沒有任何一家店能提供相關資訊。

在八百萬骨董堂以及鶴岡八幡宮、小町通等鎌倉車站東出口一帶，都沒有收穫，於是真暮這次決定試著從西出口一帶的骨董店著手。

二人穿過車站旁的地下道來到西出口。

車站西出口旁有個尖帽子造型的鐘塔，鎮守在廣場裡。

鎌倉車站大約在三十年前從舊車站改建成現在的樣貌。這個廣場裡的鐘塔原本就是車站裡的舊物，已經有百年以上的歷史了。因此，鐘塔屋頂上有個鴿子外形的付喪神。真暮說要在這裡稍微休息一下，於是琴子便坐在廣場內的長椅上，凝望著鐘塔。現在是下午三點三十分……琴子不禁深深嘆了一口氣。

……走了好多路。

腿好痠，肚子也開始餓了。好想吃鎌倉的名產——鴿子奶油餅乾。

「喂！」不知道去了哪裡又回來的真暮喊了一聲後，琴子抬起頭。

「給妳，喝吧！」

「那個——哇啊啊……」

真暮剛才好像是去附近的自動販賣機。他直接把買來的麥茶整瓶丟過來，琴子慌慌張張地伸手去接，結果還是掉在地上了。

沒接到的寶特瓶咚地發出被撞凹的聲音，還在地上滾了幾圈。廣場裡還有其他人，感覺好像在大家面前完全呈現自己差勁的運動神經，臉頰發燙的琴子撿起寶特瓶。怎麼會這麼遲鈍……琴子原本以為真暮應該為此很傻眼，不過——

「……抱歉，我忘記妳和鼓持不一樣。」

和琴子想得不同，真暮一臉抱歉地抓了抓頭。

因為馬上就能想到鼓持會像小狗一樣開心地抓住寶特瓶，讓琴子不由得笑了出來。

「沒、沒關係……是我接得不好，你不用介意……」

「這樣啊……不過，一直失敗耶……」

真暮扭開瓶蓋，仰頭大口喝了飲料後輕聲低語。

他指的不是琴子，而是找不到髮簪失主的事情。

不知道是不是因為太熱顯得疲勞，所以感覺不到真暮平時的霸氣。

喝下冰涼的麥茶滋潤喉嚨之後，琴子開口說：

「那個……我可以再問一個問題嗎？」

「可以啊，妳問。」

「警部在警察體系裡應該算高階，那為什麼真暮警部要親自找這支髮簪的失主呢？恕我直言，我覺得這種工作應該是由更低階的員警去做啊……」

琴子這樣一問，真暮想了一會兒。

「我其實沒有特別高階。」

難道我踩到地雷了嗎？琴子瞬間焦慮了一下。

他可是讓案發現場陷入一片混亂的真暮。該不會他其實已經被趕到沒什麼重大任務的部門，或者根本沒工作很清閒，而自己剛好提到這些不該提的事？

然而，事情似乎並非如此。

「雖然說是警部，但也只不過是在警察組織中，位居命令系統上層的人類。」

「他根本沒搞懂高階的定義啊！」

真是的，阿螢聳了聳肩。

「不過高階和高人的確不一樣。」阿螢仍然對真暮的意見持肯定的態度。

「這件事的確是應該給階級低於警部的人去做，但我也不是單純因為工作才攬下這件事。應該是說……這和我的私事有關。」

「私事……嗎？」

「對，也就是說，我並不是想把髮簪物歸原主，才在酷熱的鎌倉東奔西走，我其實是要找到這位髮簪的主人。」

真暮從懷裡取出髮簪的布包。

真暮打開布包拾起髮簪，手中就傳來金屬板裝飾的沙沙聲。

「我熟識的一個孩子，媽媽突然消失，這支髮簪很像她的東西。」
「消失……不見了嗎？」
「嗯，沒錯，這個母親拋下不到十歲的孩子消失了。所以，這次的搜查也有尋找失蹤人口的意思，也就是說，這是非常私人的案件。」
「那、那我們一定要找到她……」琴子不禁探出身子這樣說。
應該是因為第一次看到這樣的琴子，真暮罕見地露出驚訝的表情。
「媽、媽媽不在身邊，一定很辛苦。那孩子……想必很不安吧。」
「……後田琴子，妳覺得，那孩子會很不安嗎？」
「嗯……消失的媽媽是個壞媽媽嗎？如果是的話，就另當別論了。」
琴子歪著頭，真暮想了一下才回答：「不，我想她應該是個好媽媽。」
「既然如此，我覺得應該是這樣沒錯。那孩子一定很不安、很寂寞吧？」
「妳為什麼會這麼想？」
「啊……雖然很丟臉，但我從小就在父母的過度保護下成長……」
真暮這麼一問，琴子雖然覺得難為情但也開始解釋。
「我也曾經因為父母過度干涉而覺得厭煩……不過，直到六月底搬來鎌倉為止，我完全無法想像父母都不在身邊的生活。所以，如果我還不到十歲的時候，母親……媽媽就不在身邊，我應該不只覺得不安，而是覺得很恐怖吧……」即便是過度保護，琴子也認為是因為有父母的守護、持續在身邊給予滿滿的愛，自己才能活到今天。

當然，也有人是在沒有父母的情況下，堅強地長大成人，對琴子而言這樣的人是很值得尊敬的對象。自己沒有自信能如此生活。如果十歲的琴子碰到相同狀況，一定會對未來感到恐慌。

「……這樣啊，的確，或許就像妳說的那樣呢。」

「所以，我們一定要找到她……那位媽媽！那個，真暮警部，那支髮簪能借我一下嗎？」

「嗯？啊，可以。」

真暮說完便將髮簪遞給琴子。

琴子一接過髮簪，真暮馬上就說：「走吧！」走向下一間骨董店。

拿著髮簪的琴子也從長椅上起身，離開廣場隔著一段距離跟在真暮後方。每走一步，髮簪就發出沙沙聲。

「那個，髮簪小姐……抱歉，如果妳聽得到的話，能不能回應我一下？」

琴子小聲地搭話。

原本坐在琴子手臂上看著其他地方的髮簪付喪神嚇了一跳，似乎是感覺到自己再也無法當作沒看見，終於轉過頭來。

「妳果然聽得到付喪神的聲音啊！」

「是，我聽得見，也看得見喔！」

「這樣啊……剛見面的時候，我看妳好像在跟那裡的付喪神說話，覺得很不可思議……原來……真的是這樣啊……」

「喂，妳都聽到了吧？為什麼不理我們？」

阿螢從琴子的肩膀上飛起來，舞動藍色的閃亮翅膀，靠近髮簪付喪神。

阿螢雖然一副挑釁的樣子，但髮簪付喪神並沒有回嘴。她反而再度面對琴子，愧疚地低下頭。

「對不起。我不是因為討厭你們，所以才沒回應。」

「那……是為什麼？」

「我不說出失主是誰，是因為我怕胸針上的那個孩子會把資訊告訴妳。」

「呃……妳是不想回到失主身邊嗎？是這樣嗎？」

「差不多是這個意思，但不太一樣。」

髮簪付喪神看著走在前頭的真暮，喃喃低語。她好像看到什麼耀眼的東西似地瞇著眼睛。琴子原本以為她是在看陽光下顯得更白的真暮的襯衫，不過——

「我是想和那孩子……真司，再多待一會兒。」

「真司，是那個僥倖警部的名字嗎？」

「可以不要這樣叫他嗎？」聽到阿螢的話，髮簪付喪神一臉不悅。

然而，她直接喊真暮的名字，讓琴子覺得疑惑。

「那個……抱歉。請問髮簪小姐和真暮警部是……」

「……我以前是那孩子母親的髮簪。」

「咦？真暮警部的？」

因為琴子的驚叫聲，讓走在前方的真暮回過頭來。

「什麼？妳剛有叫我嗎？」

「啊——沒、沒事，沒什麼事啦……」

琴子拚命搖頭，真暮雖然覺得有點不可思議地動了動眉毛，但很快又繼續向前走。

「對、對不起，能不能告訴我詳細的情況呢？」

確認真暮聽不到之後，琴子再度低聲向髮簪付喪神搭話。

「也沒什麼詳不詳細，就像我剛才說的一樣。我是真司十歲之前就消失的媽媽曾經用過的髮簪，她消失那天，也把我插在頭上。」
「那……真暮警部是在找自己的媽媽……嗎？」
真暮剛才說，這是非常私人的案件。
他也說查這個案子等於是在找自己熟識的孩子的母親。
雖然琴子理解的意義不同，但真暮並沒有說謊。他只是沒說清楚消失的時間，還有那孩子和自己是什麼關係而已。
的確，如果是自己的話，當然是熟識的孩子啊！
「真司還是個小嬰兒的時候，他母親經常用我哄他。」
聽到髮簪付喪神的這句話，琴子頓時陷入停止思考的狀態。
真暮也有嬰兒時期……明明是很理所當然的事，自己竟然現在才想到，感覺很不可思議。
「呃、呃……妳是說像沙鈴那樣，對嗎？」
琴子這麼一問，髮簪付喪神就一副開心的樣子點頭說：「沒錯、沒錯。」
接著她用纖細的手指，指向琴子手中的髮簪。
「這支髮簪搖一搖就會反射光線，然後發出沙沙聲對吧？」
她說完，琴子試著搖了搖髮簪。

金屬板像反射陽光的水面般閃耀，發出像風穿過竹林般地涼爽沙沙聲。

「……真的很美。光線和聲音都很美。」

琴子不禁讚嘆，髮簪付喪神微笑著說了聲謝謝。

「那孩子不管怎麼哄都哭個不停的時候，只要讓他看到髮簪，聽著搖晃時的沙沙聲就會馬上靜下來。他會一直盯著髮簪看，之後就像終於安心似地閉上眼睛睡著。」

「這樣啊……」

髮簪付喪神一副很懷念的樣子說起這件事，讓琴子不由得感動萬分。

感覺就像和真暮的母親對話一樣。

「最後一次見到真司，是他七歲左右的時候。他整天忙著在外面玩耍，對我已經沒什麼興趣了。那已經是二十年以前的事情了……沒想到，竟然可以在前幾天和他重逢。緣分還真是不可思議啊！」

髮簪付喪神感慨萬千地這麼說，阿螢也在一旁附和。

接著，阿螢歪著頭問：「話說回來，他馬上就察覺是妳嗎？」

「是啊，他一看到送到警察署的失物，馬上就發現是母親的東西，甚至連細節都記得一清二楚。畢竟他從小就很聰明啊！」

「等等……妳說他聰明？」

「我承認他是先行動後思考的類型。不過，那孩子可不是什麼僥倖警部，也不是什麼誇張的謎偵探，更不是除了顏值之外什麼都沒有的真司。」

「第二點我們可沒在妳面前說過，最後一點我還是第一次聽到耶！」

「在見你們之前，我已經稍微從一些口無遮攔的人那裡聽到了……不過，還是有人發現那孩子的本性，而且很景仰他。」

「那該不會是……馬屁刑警……」

「對了，他的名字好像叫做鼓持的樣子。嗯，那些都無所謂。雖然我只是短暫見過那名部下，但他還真是有看人的眼光啊！」

「這麼說的話……」聽到髮簪付喪神的話之後，琴子喃喃自語。

關於她對鼓持的評價，琴子想到幾件事。

鼓持乍看之下雖然很輕浮，隨便，但其實並非如此。

譬如真暮逮捕犯人的瞬間，他能夠適當輔助，真暮在辦案現場惹得人人不愉快時，他也能巧妙地安撫，完美成為真暮的助手。骨董祭的時候，他也順利在人潮擁擠的八幡宮和大家會合。而且，今天還彷彿是真暮專屬便衣警衛似地，搶先在店外等待。

這一定是要非常了解對方才能做到的事情。

……然而，琴子覺得這樣有點像跟蹤狂，但在髮簪付喪神面前必須保密。

「真司是個好孩子。他很努力也很認真，人又誠實……雖然有點急性子，不過我想他只是太著急而已。」

「他在急什麼啊……不是才二十幾歲嗎？身體哪裡不好嗎？」

「我想他是個非常健康的孩子。」

「喔，那還真是個好孩子啊。」聽到髮簪付喪神的回答，阿螢聳聳肩。一臉白擔心了的樣子。

「不然，到底是為什麼？說實在的，他如果做事沉穩一點的話，周圍的人就不會被他耍得團團轉了。」

「他一定非常了解人類的時間有限。覺得不快一點的話就會錯過什麼吧……結果反而花了更多時間就是了。」

「就是這樣才不行啊！」

「讓你們這樣陪著他，造成困擾真是抱歉……我代替那孩子的母親致歉。」

髮簪付喪神在琴子的手臂上深深低下頭。

接著，她緩緩抬起頭，望向走在前面的真暮。

「……因為實在太懷念了，所以想在那孩子長大後的肩上多待一會兒……不過，我該走了。我的主人很寶貝我，現在一定很失落。剛好主人的家，就在這附近。」

「呃，那個人，不就是真暮警部的媽媽嗎……？」

琴子心想，睽違二十年母子兩人終於要重逢了嗎？然而，這種想法只維持一瞬間，髮簪付喪神無力地搖搖頭。

「弄丟我的人不是真司的母親。早在十多年前，她就因為生活困苦，把我賣給骨董店了……現在也不知道她人在哪裡。所以，很遺憾，真司再這樣到處查，也是徒勞無功。」

「是這樣啊……真暮警部一定很想見到她。」

「是啊……不過，他們有緣的話一定會再見的。畢竟我經過那麼多人的手，最後也見到真司了啊！」

髮簪付喪神看著真暮的背影，溫柔地微笑。

「……所以，我希望妳誘導他去我接下來告訴妳的地方。」

「必須誘導他啊……」

「不然再這樣下去，那孩子聚精會神地走遍骨董店，等他回過神來說不定天都黑了呢！他從以前就經常這樣，一旦開始埋頭做一件事，就會忘記周遭的一切。」

髮簪付喪神就像琴子的媽媽那樣，非常了解真暮的個性。

人家說孩子三歲就決定性格，看樣子，真暮的個性也是從孩提時代就沒什麼改變。

「再說，放著不管的話，他可能會因為太熱而昏倒……他以前經常因為在外面玩過頭或是練合氣道時練太久而昏倒，他媽媽常叮囑他要多補充水分。」

琴子突然想起骨董祭時，真暮擔心琴子的身體狀況，要鼓持買運動飲料的事情。

剛才他也是對琴子說「喝吧」，並遞上一瓶麥茶。

那或許就是和母親的回憶，還殘留在真暮心中的證據……

想到這裡，琴子就對歸還髮簪這件事顯得有點猶豫。

因為這樣一來等於是告訴他，現在這樣汗流浹背地到處問，這支髮簪也無法讓他找到母親。

……不過，即便如此，真暮應該也不會因為這樣感到遺憾。

畢竟，自詡為能幹名偵探的他，一定很想要找到真相。

「……我、我知道了。我會試試看。」

琴子握著銀色的髮簪，稍微用力地點點頭。

髮簪付喪神告訴琴子失主的家在哪裡。確實離琴子等人所在的位置很近。然而，從這裡過去還是要拐兩、三個彎才能抵達。

而且那裡沒有骨董店，再這樣下去，真暮一定會直接走過。

「那裡有沒有什麼地標……如果有的話，我想試著告訴他地標……」

突然開始指路的話，真暮也會覺得奇怪。

在這種大熱天到處走，然後現在才說自己對髮簪的主人有印象，真暮也會懷疑琴子的記憶力。如果是琴子的話就會覺得，為什麼沒有早點想起來？而且還會因此感到很失望。

「那裡有一間茶屋。可以吃甜點……假裝邀他去那裡怎麼樣？」

「想到以後會很難處理，我想盡量避開這個選項……」

如果真暮說：「好啊，走吧！」琴子會很困擾。

像這樣幾乎沒有對話一起走路還能接受，但是兩個人單獨一起坐下來吃吃喝喝，光是想像琴子就覺得不行了。

「僥倖——不對，真暮警部對茶屋或是甜點這種東西有興趣嗎？如果他很生氣地說現在是在工作，那琴子就太可憐了。」

阿螢的擔心也很有道理。

雖然其中也有私事，但真暮現在是在查案。

他正朝骨董店前進，這時候問：「要不要去喝個咖啡？」琴子認為風險的確很大。

「對耶，那孩子不怎麼喜歡甜食……不然，妳直接說妳聽得到我的聲音怎麼樣？」

「不行不行不行！絕對不行！」

在琴子拒絕之前，阿螢就先回絕了。

「怎麼能做這種事！姑且不論他信不信，琴子之後肯定會比現在更容易被捲入案件之中！單憑他覺得琴子是幸運物，今天就這樣被拖出來了！」

「……所以，我不能這樣說。」

阿螢解釋完之後，琴子也直接拒絕，髮簪付喪神一臉沒勁的樣子。

「琴子小姐，妳討厭真司嗎？」

「討不討厭我很難回答……但是我很不擅長和他相處……」

「這樣啊……我覺得真司滿喜歡妳的……」

真可惜，髮簪付喪神嘆了口氣。

琴子聽到她這句話，不禁皺起眉頭。想起阿螢也曾經說過一樣的話。

「……喜歡我是因為我是幸運物吧？」

「不，不只是因為這樣。真司啊……嗯，這輪不到我來說。」

忘了我剛才說的話吧！髮簪付喪神露出另有深意的笑容，結束這個話題。

「比起這個，我們已經沒有時間了。已經快到轉彎處了。」

「咦，這麼快……？」

「做什麼都好，一定要讓他拐過這個彎，拜託妳了。」

髮簪付喪神不容分說地拜託琴子，讓琴子想起吉野家的西洋人偶艾莉絲。

付喪神們好像都很會使喚人啊。可能是因為平常都被人類當成物品使用，所以形成反彈的力道吧？就連阿螢也有很固執的一面……

……都還沒時間細想這些事，就已經快到髮簪付喪神說的轉彎處了。

（這個、這個……唉，沒辦法了！）

急得手忙腳亂的琴子終於下定決心。

「那、那個，真暮警部！」
琴子一喊，真暮便回過頭來。
臉上微微冒著汗水，表情顯得疑惑。
「怎麼了？」
「那、那個……就是……」
「……妳不舒服嗎？還是太累了？」
「啊，對、沒錯！就是這樣……」
雖然因為緊張而語無倫次，但琴子決定順著真暮的話說下去。
「是還不到不舒服的地步……可是，走得好累了……」
「今天太陽真的很大啊！抱歉，是我沒注意到。要不要在哪裡休息一下？」
「啊！我知道這附近有一個很適合休息的地方……」
「咖啡店之類的嗎？」
「是……一間茶屋？」
「妳為什麼用疑問句？」
琴子瞬間僵住。

雖然按照髮簪付喪神所說，回答真暮要去茶屋，但那是一間琴子完全不知道的店。

「星、星史郎先生好像說過那是一間茶——茶屋……」

「這樣啊，星史郎說的啊。如果那傢伙覺得好，應該是真的不錯。那就去那裡吧！」

「真、真的嗎？太好了……」

「看妳這麼開心，原來妳這麼想去那間店啊？」

「啊，不是，也不是這樣啦……」

「妳不用客氣。那間店在哪？妳帶路吧！」

「好、好的！」

琴子馬上按指示在轉角處拐彎。沿著道路前進一段之後，又再轉一次彎。

接下來只要再轉一次——

「——話說回來啊。」

一行人朝著位於茶屋前的失主住家前進，阿螢突然在琴子的肩上低語。

「就算知道失主家在哪裡，妳要怎麼跟真暮說，髮簪就是那家人的東西啊？」

琴子聽到這個問題，不自覺地停下腳步。

那戶人家已經近在眼前……應該是說，已經走到看得到庭院的距離以內了。

「後田琴子，怎麼了？」

「那、那個……就是……」

「該不會是迷路了吧？」

「啊──對，就是這樣，其實我──」

「沒問題的。我剛剛在鐘塔看到時間，現在應該差不多要四點了。」

髮簪付喪神這麼一說，琴子突然想起在鐘塔看到的時間。那時候應該是下午三點半。

在鐘塔廣場和真暮稍微說了幾句話，再慢慢走到這裡，的確是差不多快要四點了。不過，為什麼這樣就沒問題呢？

「再拖延一點時間！」

（呃……一點是多少啊……）

雖然髮簪付喪神的要求令琴子感到慌張，但也只能照辦了。

「可、可以等我一下嗎？我現在用手機查那間店的位置……」

「這樣啊，那我也來幫忙，那間店的店名是什麼？」

「那、那個，請等我一下……那叫做什麼來著……」

呵呵呵……琴子想笑著矇混過關，但感覺一點用都沒有。

「對、對不起……我好像因為太熱，腦子有點遲鈍……」

「不，這種時候才更要休息，除了那間店以外，這附近應該也有其他——」

「不，沒關係，我還沒那麼嚴重！只要再等我一下——」

此時，傳來小狗汪汪叫的聲音。

那是從髮簪失主的家傳出來的狗叫聲。

仔細一看，金屬製的大門喀嚓一聲打開了。門內走出一名女性，牽著一隻中型犬，那人看上去，和琴子的母親差不多年齡，擁有一頭漂亮的長髮。

「琴子小姐，那個人就是我的主人！請讓她發現我！」

「咦……咦？」

都走到這裡，還要繼續強人所難，琴子實在受不了所以才發出驚叫聲。

那位太太停下腳步，望向琴子。

接著，她好像發現琴子手中的髮簪。

「那……那個，妳，手上的……」

她牽著狗一起衝了過來。

發現她衝過來，真暮不可思議地詢問：「這位太太，您怎麼了？」

「那支髮簪！是我弄丟的髮簪……啊，我在家裡，朋友那裡到處都找過了……那個，你們該不會是來送回失物的吧？」

「那個……」面對開心微笑的太太，琴子吞吞吐吐。畢竟在真暮面前不能直接說：「沒錯，我們是來送還失物的。」

琴子還在猶豫要找什麼藉口，結果……

「是，沒錯。我們來送還失物，我是警察。」

真暮毫不猶豫地亮出警察證件，向對方解釋。

「哎呀，原來是警察先生。我本來也想去問有沒有人撿到髮簪呢！還讓你們特地送過來，真的很感謝。」

「哪裡哪裡。啊，太太，雖然順序相反，不過能麻煩您填寫領取失物的文件嗎？明天也沒關係。」

「好、好，當然好。」真暮解釋之後，那位太太點了點頭。

那一瞬間，真暮突然沉默。

到底怎麼了？琴子覺得很奇怪。經過幾秒鐘的沉默之後，真暮再度開口：

「那個……能冒昧問您一件事嗎……」

真暮罕見地非常客氣，不知道是不是琴子的錯覺，他看起來似乎很不安。

「請問……那支髮簪您是在哪裡買的？」

「這支髮簪嗎？」聽到真暮的問題，太太看著手邊的髮簪。

「這個嘛……大概五年前，我在八幡宮的骨董市集買的。」

「骨董市集……那您應該不知道賣家是誰吧？」

「對，我只知道老闆是個老爺爺。」

「這樣啊……謝謝您。」

「哪裡，我才要謝謝你們……」

雖然真暮的反應讓這位太太覺得疑惑，但那也只是一瞬間的事情。

她迅速束起毫無裝飾的長髮，用髮簪繞了幾圈並插在頭上固定，馬上就整理出一個髮髻。髮簪好像原本就一直在那裡似地插在那位太太的頭上，閃耀著光輝。不知道是不是因為主人看起來心情很好，一旁的小狗也開心地搖著尾巴。

「啊，這用起來真的很順手，真的很謝謝你們。」

太太低下頭的時候，髮簪搖晃發出清涼的沙沙聲。

……就好像在跟琴子說再見一樣。

「哪裡哪裡。那我們就先告辭了……不過，這位太太……」

本來已經打算離開的真暮，好像想起什麼似地再度停下腳步。

「是，有什麼事嗎？」太太眨著眼睛回問。

「請問這附近有茶屋之類的店嗎？」

得知茶屋的位置之後，琴子等人離開被小狗拉著散步的太太。

「琴子小姐，真司就拜託妳了。」

臨走時，髮簪付喪神在那位太太的肩上邊揮手邊留下這句話。

琴子不太明白付喪神是要拜託什麼。

而且，這次雖然對真暮的印象有點改善，但盡可能不想和他牽扯在一起的想法，在相處半天之後仍然沒有改變。平安無事最好。「好，這樣任務就告一段落了！」

「咦？」

看到真暮朝氣蓬勃的樣子，琴子很驚訝。

「嗯？怎麼了？」

「……就覺得真暮警部真是有活力啊……」

原本以為得知髮簪的失主不是母親，而且也沒有獲得其他線索——應該會覺得很失落才對，不過真暮完全沒有透露出這種感覺。

「妳還真奇怪，我一直都很有活力啊！不過，能把髮簪送還給失主，果然還是託了妳的福啊。我的幸運物——後田琴子……」

「不，我沒做什麼……是對方來找我說話……」

「喂，琴子！妳可以說出來嗎？」

阿螢這麼一說，琴子才發現自己失言。

可能是因為在極度疲勞後突然安心，心情變得非常輕鬆。

「找妳說話？誰啊？」

「啊……那、那個，小狗，小狗！牠剛才汪汪叫。」

「小狗？妳能和狗說話啊？真厲害。」

「不是，也不是那樣啦！……既然事情告一段落，那我們回家吧！」

「回家？不是要去茶屋嗎？」

「呃……啊！……剛剛本來想去，不過……你、你看，時間已經有點晚了！而且，鼓持先生也在等你！」

「鼓持的話，叫他等他就會一直等喔！」

「讓他等太久的話就太可憐了……」

「真的沒關係嗎？我很感謝妳今天的幫忙。所以我才想說至少請妳在茶屋吃一頓當作回禮。」

「不，不了……」

謝謝你的好意……琴子用快要消失的音量說著，真暮一臉認真地思考了一會兒。

「——這樣啊，那我知道了。今天就先回家吧，既然妳累了，還是回去休息最好。」

真暮說完便乾脆地放棄，往回程的路上走。

他在路上攔下經過的計程車。

不知道是因為他自己累了，還是擔心琴子才攔計程車。然而，兩個人一起坐在後座，讓琴子覺得很尷尬。

（真希望快點到骨董堂……）

看著窗外的鎌倉街道，琴子默默地這麼想。

「……果然，沒這麼容易找到啊。」

真暮突然喃喃自語。

琴子不自覺地看著真暮。

原本望著窗外的真暮，似乎察覺琴子在看自己，於是兩人視線交會。

「你在找什麼……嗎？」

「啊……嗯，是啊。有個東西某天突然在家裡不見了。我有時候會突然想起弄丟的那天，要是那時自己沒有在外晃蕩，早點回家的話，或許就不會不見了。」

「呃……那你剛才是突然想起來了？」

「對啊。應該是那支髮簪的關係。和我弄丟得很像啊。」

琴子聽到真暮以溫和的表情說著自己的事，腦海飄過髮簪付喪神說的話。

他弄丟的東西，是指消失的母親嗎？

「回到家發現媽媽不在了……或許僥倖警部會這麼急性子，就是因為這個緣故。有點令人同情啊！妳就不要太討厭他了。」

阿螢拍了拍翅膀，停在真暮的肩上。然後，還拍了拍真暮的肩膀。

「嗯？感覺肩膀好像有點重……該不會是被什麼東西跟上了吧？」

「不准把我當成惡魔！那只是你太累了而已！」

阿螢憤慨地回到琴子肩上。

接著，阿螢馬上收回自己前一刻說的話：「果然，我還是討厭這傢伙！」

「喔……好像又變輕了。」

真暮的反應讓阿螢驚嘆：「沒想到你第六感還滿強的啊！」

「真是的……拜託把這個第六感發揮在推理的時候好嗎……」

「話說回來，後田琴子，我和妳在一起的時候，不知道為什麼第六感就會特別強耶。」

彷彿聽到阿螢說話似地，真暮露出另有深意的笑容。

「那、那是你的錯覺吧……」

「不，我的第六感告訴我，只要帶著妳就可以盡快解決案件。今後也要拜託妳了。」

「那……那個……我覺得我應該幫不上什麼忙……」

「沒有這回事。經過這次案件，我更加確定了。妳果然是我的幸運物啊！」

面對強烈斷言的真暮，琴子覺得頭昏眼花。

他一副今後也要帶著琴子到處跑的樣子。看眼神就知道了。他的眼神透露出根本就不覺得自己的想法有錯，也沒打算改變。

實際上，真暮帶著琴子介入的案件，全都是琴子靠付喪神的力量解決。雖然毫無憑據，但他的想法意外地也沒什麼錯。

……對了，是憑據！

「那個，真暮警部……我想問個最根本的問題……」

「什麼？」

「為什麼你會覺得我是幸運物……呢？」

雖然星史郎推測過，但真暮本人到底是怎麼想的？面對琴子的提問，真暮停了幾拍像是在思考。

「只要妳在，不知道為什麼就覺得心情很好。」

真暮抬起眉毛這樣說。

如果對象不是真暮這個人的話，這句台詞可能很令人心動。琴子不禁想像——如果是星史郎說「只要妳在，我心情就會很好」，就算沒把星史郎當作戀愛對象，也會覺得心跳加速。

然而，對象是真暮的話，就完全沒有這種感覺了。

「琴子，妳臉上的表情感覺是在說：『你心情不好也無所謂』。」

阿螢好像也很了解琴子細微的表情變化。

真暮似乎沒有察覺，讓琴子鬆了一口氣。

不，考量今後可能出現令人擔憂的情況，或許讓他察覺會比較好。

「對了。下次一定要讓我好好慰勞妳。」

抵達骨董堂，真暮走下計程車，在進店門前這樣對琴子說。

慰勞什麼？琴子還在思考的時候，真暮就嘎啦啦地打開大門進入骨董堂了。

「歡迎回來，真暮警部！您工作辛苦了！」

發現真暮回來的鼓持，一副搖著尾巴的樣子前來迎接。

他開心的模樣，真的很像忠犬。

「兩位，歡迎回來。有什麼收穫嗎？」

星史郎一問，真暮馬上露出「那當然」的表情。

直到隔天，琴子才知道所謂的「慰勞」是什麼。

當真暮又像平常一樣，來拜見幸運物的時候——

第五章 付喪神阿螢的受難記

琴子搬到鎌倉之後，已經過了三個月左右。

輪廓清晰的盛夏已經過去，還留有餘熱的九月也快要結束。

夏季期間非常燠熱的房間，現在只要打開窗就很涼了。今天早上也從打開的窗戶吹進涼風，引進柔和的陽光。

蟬聲已經失去霸氣，雖然還零零星星地聽得見蟬鳴，但已經快要消失殆盡了。聽得見蟬聲的時候覺得很煩人，但是完全消失之後，卻又令人感到寂寞。

「……人類還真是任性啊。」

阿螢一副受不了的樣子脫口而出。

房間裡還聽得到即將要消失的蟬聲，正在準備去學校的琴子聽到這句話覺得很煩，不自覺地透過鏡子瞪了肩上的阿螢一眼。

長時間的暑假在九月中旬結束。同年級的同學們都在準備即將到來的求職戰線。琴子今天也沒課，但是既然都付了學費，那就到大學的圖書館去查一查付喪神的資料。

然而，這也是為了在特定時間離開骨董堂的藉口。

「……你是在說我嗎？」

「我沒這樣講，不過……」

「不過什麼？」

「我覺得僥倖警部很可憐啊。」

在阿螢說這句話的時候，琴子的梳子被頭髮卡住了。

琴子想把頭髮梳開，但是怎麼樣都弄不好。

應該是因為阿螢提起真暮的事情，所以覺得很焦躁吧。

今天沒課也要去大學，其實是為了避開真暮來訪的時間。

「你是想說茶屋的事情吧……」

琴子這麼問，阿螢便點頭說：「不然還有什麼很可憐的事啊？」

從順利找到髮簪失主的隔天開始，真暮又再度頻繁（但是待的時間很短）出現在骨董堂，只為了見到他的幸運物——琴子一面。

而且，每次見到他都一定會問：「什麼時候要去茶屋？」

因為他所謂的慰勞，就是請琴子去上次沒去成的茶屋吃一頓。

真暮對琴子說過「喜歡的東西都可以盡量點」、「從菜單的左邊到右邊點一整排也沒關係喔！」姑且不論會不會真的這樣點，但是這種邀約方式不是很好嗎？食量大的男子──譬如鼓持之類的人，甚至可能會抱著雙重喜悅赴約。

然而，琴子並沒有特別想去茶屋。

當時為了把髮簪送回失主身邊，除了說「我想去茶屋」以外沒有別的好方法，所以才這麼做的。真的硬要歸類，琴子其實說得心不甘情不願。

然而，真暮完全信以為真了。

他深信琴子真的想去，當然也完全沒發現琴子想盡辦法擺脫他。雖然這本來就是真暮的風格，不過沒想到他竟然約琴子約了一個月。

到底誰能想到他會這麼做呢？至少琴子當初沒想到這一點就是了。

阿螢飛到琴子眼前說：「不想去的話，就直接說啊！」

「那個警部只是想在妳面前好好表現，感謝妳協助搜查，才找妳去喝茶。是說，每天都來的確是有點問題啦！不過妳每次都很微妙地避開他，這樣對人家很失禮喔！」

「話是這樣說沒錯啦……可是我都已經用這種方式拒絕了，一般人應該都會察覺吧……畢竟我要是真的想去，早就已經答應了，這你也知道吧……」

阿螢對琴子的這番主張，說出自己的忠告：「……這個，就是所謂的任性啊！」

「妳覺得做到這個程度對方應該要理解或者察覺自己的心意，真的是想得太美了。畢竟對方是出自善意邀請妳，自信滿滿的僥倖警部耶！他不可能會發現妳在避開他。他如果有這麼細膩的話，辦案就不會每次都像衝進暴風雨中的迷宮一樣了啊！」

「這我也不是不知道，可是……」

「這世界上會有像老頭的孫子那樣機靈的人，當然也會有不直說就不懂的人啊！而且還有人是直接說也聽不懂，如果對方是聽得懂的人也就算了，但是妳面對的可是僥倖警部。」

「……就算你這樣說……」

「不要再說什麼可是，不過了啦！妳只要說一句『我不要』就好了啊。」

「……阿、阿螢最輕鬆了！」

面對大喊的琴子，阿螢露出大吃一驚的表情。

「我哪裡輕鬆？」

「你可以想說什麼就說什麼啊！如果我也能像阿螢一樣暢所欲言，就不會變成這麼卑鄙的人！阿螢最輕鬆了，想到什麼都可以不用顧忌，像這樣直言不諱。」

「什麼？妳是在挖苦一般人根本看不到的付喪神嗎？」

「……你、你是想說我不是一般人嗎？」

「等等，琴子，妳這個笨蛋。我不是這個意思啊！妳冷靜一點──幹嘛把胸針拆下來啦！」

琴子拆下平常別在胸口的胸針。

琴子忍下把胸針丟在窗邊桌上的衝動，靜靜地放好胸針並立刻起身。

「我不想和阿螢待在一起，所以拆下來了！今天我自己去！」

「等一下，妳聽我說──」

琴子粗魯地一把抓起上學用的皮包，留下阿螢把房間門關上。

雖然聽得見阿螢在背後叫喊，但她頭也不回地走出家門。

焦躁地大步走，腳步變得很快，琴子就這樣朝骨董堂前的馬路前進。

就在她踏上馬路的一瞬間──

「喵嗚！」琴子感覺好像踩到什麼，腳邊同時傳來慘叫聲。

「啊──」

低頭一看，發現自己完全踩中一隻灰色虎斑貓的尾巴。

看樣子牠應該是在骨董堂前的某處曬太陽，只有尾巴露在琴子經過的馬路上。

「咦？對、對、對不起！你沒事吧？」

發現貓咪的琴子慌慌張張地後退。

連確認尾巴傷勢的時間都沒有，突然天降霉運的虎斑貓，瞬間就鑽進建築的縫隙消失無蹤。

「哎呀……看看我幹了什麼好事……」

琴子覺得很抱歉，也因此冷靜下來。

感覺自己對阿螢也有相同的心情。但是，還不到走回去道歉並別上胸針的地步。

琴子在爽朗的晴空之下前往大學。在電車上用手機確認天氣預報，發現預報顯示「傍晚恐有突發性的大雨」。

（還是盡早冷靜下來，然後回家吧……）

琴子心裡這麼想，但仍然沒有和任何人對話，獨自隨電車輕輕搖晃。

——另一方面，就在此時……

「我說得太過火了嗎……」

獨自被留在房間裡的阿螢，一直呆站在窗邊的桌上，看著琴子關上的房門喃喃自語。

「不、不對，反正我也沒說錯什麼啊！琴子如果能暢所欲言，一定會比較輕鬆，我這也是為她著想。而且為了她往後的人生，這也算是一種忠告啊！我又沒做錯事。我沒錯……」

雖然說得充滿氣勢，但阿螢最後還是嘆了一口氣。

美麗的藍色翅膀也顯得沒什麼光澤，和平常不一樣，看起來意志消沉。

「……不對，難道是我錯了？琴子罕見地動怒了呢……」

阿螢一屁股坐在桌上。

像這樣被琴子留在家裡，其實從相遇的這八年來還是第一次。

在家裡的時候，兩個人也一直待在一起。只有上廁所和洗澡的時候會分開。因為琴子覺得不好意思。既然琴子覺得不好意思，阿螢也會覺得尷尬，所以這種時候就會理所當然地分開。

不過，今天的情況完全不同。

其實這也是第一次吵架。

琴子以前幾乎都會乖乖聽阿螢的話。

雖然有時候會抱怨，但是從來沒有強烈反駁或怒吼。一方面是因為琴子本來就個性內向，但這也表示她需要阿螢吧，這種感覺有點接近依賴。

然而，讓別在身上的人擁有自信，本來就是裝飾品的本分。因此，阿螢並不討厭琴子這樣依賴自己。

應該是說，阿螢從來沒想過琴子會丟下自己。

安靜的房間裡，阿螢開始思考，阻礙琴子獨立的人會不會就是自己？

然而，阿螢搖了搖小小的腦袋，想藉此甩掉彷彿就要吞噬自己的雜念。

「可……可是，沒想到竟然會有這一天，琴子不但回嘴，還把我丟在家裡！表示那傢伙終於長大了啊！」

阿螢盤腿坐著，活力充沛地這樣說。

然而，沒有任何人回應。

骨董堂裡雖然有很多付喪神，但這裡只有阿螢一個人。

現在想想，這也是第一次孤身一人。平常總是和琴子在一起，外出也會同行，所以阿螢從來不覺得孤獨。

「……等她回來，再好好道歉吧……嗯？」

阿螢突然聽到背後傳出喀噠喀噠的聲音，便回頭往那個方向看。

發現打開的那扇窗，紗窗正在搖動。

什麼東西？怎麼了？阿螢正在找原因的瞬間，紗窗開了一個小縫，好像有什麼東西鑽進來了。

那是有肉球、毛茸茸的手。

「是、是貓啊！」

那隻貓的手像是想抓住什麼似地張開，在窗邊的桌上來回摸索。

「喂、喂，等一下，你該不會是想——」

阿螢發現貓手的附近就是自己依附的胸針，瞬間臉色蒼白。

一如阿螢所擔心的，貓手抓到了胸針。

「啊啊啊，笨蛋，快住手！給貓咪金幣代表徒勞無功的意思，胸針和金幣一樣啊！你這個傢伙！」

阿螢拍打貓咪的手想阻止牠，但這裡不是鶴岡八幡宮，而且阿螢只有一個人。

或許貓咪已經感受到阿螢不想被帶走的心情，但是阿螢沒辦法像骨董市集時付喪神們抓住真暮那樣干涉貓咪。

貓咪靈巧地把阿螢的胸針拉出房間，然後用嘴巴銜起掉在地上的胸針。

「喂！笨貓！快住手！我又沒對你做什麼，啊啊啊——」

阿螢發出慘叫，但仍然被帶出房間了。

然而，阿螢並不知道……

那隻貓咪是以骨董堂周邊為地盤的野貓，每天看著也就記住琴子和琴子最喜歡的胸針了。而且，牠是記恨剛才被琴子踩到尾巴，所以才會偷走胸針……

太陽仍然高掛，琴子就離開大學圖書館了。

本來想要調查付喪神的資料，翻閱各種書籍，不過現在滿腦子都是今天早上和阿螢吵架的事。一心想著該怎麼和好，完全沒辦法好好查資料，所以最後決定放棄，先回家好了。

孤身一人的通學之路，不知道為什麼看起來比往常失色。琴子早就發現，那不是因為夏日陽光減弱的關係。

平常這個時候，阿螢會在琴子肩上說話。告訴琴子自己看到的東西，嚷嚷著「那很有趣吧！」或者「妳覺得怎麼樣？」之類的，不時丟一些話題過來營造熱鬧感，讓琴子不必在意周遭。

現在阿螢不在身邊，周遭的聲音聽起來更令人煩悶。

路邊擦身而過的人的說話聲、駛過身邊的汽車或電車的聲音、電車裡的說話聲、車站裡的廣播聲。

這裡面沒有阿螢的聲音。

「……還是回家道歉吧！」

琴子在電車裡下定決心。

琴子認為阿螢說的話一點也沒錯。

今天早上之所以會如此反抗阿螢，其實原因無他，只是因為自己也已經發現了。

明知道自己不對，太任性，但還是不願意正視這些缺點……被阿螢一說，剛好戳中痛處。

因為阿螢說得太對了，琴子反而不能接受，只能歇斯底里地生氣。那根本和鬧脾氣的孩子沒兩樣。

琴子覺得那樣的自己很丟臉。

所以，她決定回去要好好道歉，和好如初。然後，如阿螢建議的那樣，不再用曖昧不明的態度對待真暮，慢慢成為能暢所欲言的人……

琴子一邊想著這些事，一邊急忙走向骨董堂後方的住家。

面對自己怒氣沖沖離開的房間，琴子很緊張。

站在房門前，深呼吸一口氣。

接著挺直腰桿，一鼓作氣打開房門。

「阿螢，我回來了！那個今天早上的事情——咦？阿螢？」

琴子一進房間，就發現有異狀。

阿螢不在房裡。

而且，原本放在窗邊桌上的胸針也不見了。

「為、為什麼……我明明就放在這裡啊！」

啊、啊，琴子極度慌張。

先檢查有沒有掉在桌子底下，然後懷疑自己是不是記錯，又找了其他地方，但都沒有發現阿螢的蹤跡。

「怎麼會，阿螢到底跑去哪了？怎、怎麼辦——」

突然一陣風吹來，琴子抬起頭。發現窗戶還開著。

看來是自己粗心，沒關窗戶就出門了。

紗窗打開數公分寬。琴子心想，難道是因為某種緣故掉下去了嗎？但看了窗外，也沒有發現胸針。走出房間，在周邊尋找也找不到。

「該不會是，被誰偷走了吧……」

琴子頓時腿軟，覺得好想哭，但她旋即站定腳步。

現在不是哭的時候。

就算找到的可能性很低，也一定要找找看。

畢竟，阿螢對琴子來說，是這個世界上最棒的寶物。

和他吵架之後，就這樣分開——我絕對不能接受。

「這個，那個……對、對了，星史郎先生！」

不太可能是星史郎拿走胸針。不過，如果是被其他人偷走，只要和骨董有關，或許能在星史郎的幫助下找回來，而且他或許會有琴子想不到的好方法。

琴子趕往骨董堂，找星史郎商量。

「那個，星史郎先生——」

「喔！後田琴子，妳來得真是時候。」

「警部，今天可能是幸運日喔！」

骨董堂裡除了星史郎以外，真暮和鼓持也在。

「不是，現在我一點也不幸運，事情非常複雜……」

「琴子小姐，妳怎麼了？發生什麼事了嗎？」
星史郎詢問後，琴子快速解釋事情的經過。
「阿螢他……胸針不見了……我沒把房間的窗戶關上，紗窗也開了一道縫，我想應該是有人進來，把胸針拿走了……阿螢的胸針是骨董，所以我想和星史郎先生商量──」
「竊盜案嗎？」
真暮探出身子，一副輪到自己上場的樣子。
「啊，如此說來，真暮警部的確是警察……」
「後田琴子妳還真有趣。警部如果不是警察，那誰才是──」
「請幫我找胸針！」
和平常戰戰兢兢的樣子不同，看到琴子拚命拜託的樣子，真暮似乎有點不知所措。不過，他馬上就恢復平常的樣子，用力點點頭說：「一切就交給我吧！」
「好，打鐵要趁熱。鼓持，現在就出發去找胸針！」
「了解！」
「以我的名推理手法，馬上就會找出來！後田琴子，妳也要一起找嗎？」

「對，沒錯！當然要一起找！」

或許外面有人看到胸針，也可能有付喪神聽到阿螢的聲音。

而且，琴子覺得光靠真暮的推理，絕對找不到。

完全沒辦法靜靜等著……就在琴子打算跟著真暮等人離開骨董堂時——

「琴子小姐，請等一等！」

前來搭話的是掛軸老先生。

「那、那個，我現在急著要去找阿螢……」

「我就是要說阿螢的事啊……」

聽到掛軸老先生的話，琴子立刻接著問：「咦，你知道什麼線索嗎？」

老先生激動地不斷點頭，表示肯定。

「我本來以為是我看錯或聽錯，但我想我應該有看到抓走阿螢的犯人。妳看，這裡離門很近對吧？我心想今天天氣真好，所以看了一下外面。結果發現發出熟悉藍色亮光的傢伙正在慘叫。」

「咦？是、是誰抓走阿螢？」

「那個啊，是一隻貓。」

「貓、貓嗎？」

應該很焦急的琴子，不自覺地愣了一下。

「那個，我不是要懷疑你的記憶力……老爺爺，你確定嗎……」

「妳放心，我還沒癡呆。聽到小姐說的話，我覺得應該沒錯，被銜在嘴裡的應該就是阿螢……」

「雖然希望消息能更肯定一點……不過，我會去找找看！你記得貓咪的特徵嗎？」

「當然記得。那隻貓是經常在這附近閒晃的野貓。而且是長得很兇惡的纖瘦灰色虎斑貓。」

「灰色而且纖瘦的……虎斑貓？」

「啊！」琴子不禁叫出聲。

「早上我踩到尾巴的那隻貓！」

「那就糟糕了！」掛軸老先生用手拍了額頭一下。

「貓咪都很聰明，而且又很執著。順帶一提，犯罪的那隻貓經常欺負其他貓咪，個性本來就不太好。牠幾乎每天都會在骨董堂前曬太陽……小姐啊，妳是被牠盯上了啊……」

「怎麼會……阿螢是因為我才……」

「小姐，找到阿螢之後再來後悔吧！」

老先生說出平時阿螢會說的話，原本意志消沉的琴子突然回過神來。

「……嗯，沒錯。對，我得找到阿螢才行。」

「很好，就是要有這樣的氣勢，阿螢就拜託妳了！」

「嗯，我一定會找到他！老爺爺，謝謝你。」

琴子向老先生道謝之後，馬上衝出骨董堂。

「怎麼了？妳好像在店裡跟誰說話。」

「啊，那個……是我朋友！他說看到我的胸針，所以跟我聯絡！」

「喔！出現有用的情報真是太好了，那犯人的特徵是什麼？」

「是一隻貓。纖瘦的灰色虎斑貓！」

琴子說出的資訊，讓真暮和鼓持眨了眨眼。

正當琴子等人開始尋找阿螢時——

阿螢被野貓叼著，在鎌倉的街上到處走。

也不知道牠有沒有目的地，貓咪就這樣叼著阿螢，緩緩地向前走。

「喂，貓咪，貓大哥——差不多嘴痠了吧？我想回家了耶——」

無論阿螢怎麼叫喊，貓咪都當作沒聽到，繼續向前走。

除了人以外的動物都可以感受到付喪神的存在。這隻貓也感覺得到阿螢，但似乎無法像琴子那樣直接對話。而且，就算能對話，牠大概也無意聽阿螢說什麼。

「這傢伙打算帶我去哪裡啊……可惡，有人在嗎？救救我！」

即便這樣大吼大叫，也只有付喪神才能聽到阿螢的聲音。

發現阿螢叫聲的付喪神紛紛關心：「你還好嗎？」、「這下糟糕了！」但他們也愛莫能助。因為付喪神沒辦法接近貓咪。

「……咦？這裡是，鶴岡八幡宮嗎？」

到處晃來晃去的貓咪，最後抵達骨董祭時曾經來過的鶴岡八幡宮。

八幡宮的參道左右被源平池包圍，貓咪走向穿過鳥居後位於右方的源氏池。神苑牡丹亭是圍起源氏池東南側打造的庭園，貓咪沒有添香油錢就旁若無人地走了進去。

不知道是不是因為還不到牡丹的季節，園內幾乎沒有人。眼前就能看見的源氏池中，聞名遐邇的蓮花都已經凋謝，只剩下茂盛的綠葉。

「這隻貓是打算把我丟在沒有人煙的地方嗎……眼神看起來就超壞的……」

就在阿螢說完這句抱怨的話之後——
阿螢好像聽到咻地一聲，下一秒就發現自己已經在半空中。
喵嗚～遠遠地可以聽見那可恨的貓叫聲。
看著把自己帶到半空中的犯人，阿螢不禁呻吟。
「這次換老鷹啊？」
觀光地區有很多老鷹，還有不少觀光客曾經被老鷹橫空搶走食物。
在鎌倉，小町通和八幡宮就是老鷹的獵場。
貓咪非常寶貝地叼著胸針，老鷹大概誤以為那是食物或其他的東西吧！
而且，老鷹很快就發現自己搞錯了。
「咦，等等、等一下等一下，請等一下，不行啊——」
阿螢的苦苦哀求一點用也沒有，老鷹張開本來抓著阿螢的爪子。
伴隨著慘叫聲，阿螢往地上墜落。糟了，這樣肯定會壞掉。不對，這裡不是水池嗎？這下可不是摔壞哪個部位而已了。阿螢已經作好心理準備——
——下一秒，阿螢感覺到輕微的撞擊，回彈一次之後又落地。
「啊，咦？這裡是……」

阿螢抬起頭，環視周遭一圈。

這附近雖然一片綠色，但有水的味道。最初撞到的東西好像是蓮葉，最後落在草地上。

不過，阿螢還是不知道這裡究竟是什麼地方。

胸針旁就是源氏池的池水。

仔細側耳傾聽，可以聽到遠處貓咪對老鷹發出抗議的「喵嗚嗚嗚～」貓叫聲。另一側傳來觀光客的聲音，但聽起來也很遠。

「這裡，該不會是……浮島？」

源平池內分別有幾個小小的浮島。

源氏池中除了擁有旗上弁天財天社這個神社的大浮島有架橋之外，還有兩個和陸地不相連的小浮島。

阿螢落地的位置，看來就是小浮島的其中一個。

「這樣也不算得救了啊……」

不過，阿螢覺得胸針沒有受損已經非常幸運了。

但是落在神宮內和陸地不相連的浮島上——就這個狀況來看，好像也沒辦法太高興。

「掉在這種地方的話，沒有人找得到啊……」

阿螢無力地坐下，遠遠傳來香客熱鬧的聲音，反而讓阿螢更覺得孤獨。阿螢就這樣愣愣地看著天空。

狀況沒有任何改變，只有時間不斷流逝。

貓咪死纏爛打地一直喵喵叫，但不知道是不是累了，現在也沒聽到叫聲了。

「慘了──在這種地方，琴子絕對找不到我……今天不應該說那種話的……要是稍微婉轉一點就好了……我真是個大笨蛋……」

阿螢腦海中浮現的是，以後可能再也無法相見的主人。

「……不過，那傢伙，現在沒有我也無所謂了吧……」

穿過阿螢臉頰的雨滴，打在地面上。

一回神，發現天色突然變暗了，不只是因為接近黃昏的關係。

滴滴、答答、滴滴答答，籠罩這一帶的烏雲，開始降下大顆的雨滴。

「糟糕，下雨了……」

阿螢的胸針也濕掉了──不過，阿螢不是因為這樣才感到焦急。

雨滴落在水池中。如果這麼大的雨一直下個不停，水位應該會隨之上升。

如此一來，掉在池水邊的胸針就會被池水淹沒。

「琴子……我好像已經不行了……」

阿螢想起琴子，開始哭了起來。

如果像平常那樣一起出門的話，如果不和琴子吵架的話，就不會變成這樣了。

現在自己應該還在她肩上，像平常那樣閒聊，過著快樂，溫暖，幸福的生活。

「嗚嗚嗚……嗚哇啊啊啊！」

垂著藍色翅膀，又哭又叫的阿螢，沒有人聽得見他的聲音。

而且，池水越來越高漲，眼看就要吞沒他依附的胸針了。

就在阿螢徹底絕望時——

一隻白鴿飛到阿螢附近。

「後田琴子，妳是說偷走胸針的犯人是一隻貓對吧？」

坐在鼓持開的車內，副駕駛座上抱著手臂的真暮突然說出這句話。

為了尋找阿螢，他們已經搭著車，在鎌倉的街道內東奔西走一個小時。

琴子從後座車窗探出頭尋找阿螢的聲音和貓咪的身影，聽到真暮的話，馬上轉頭望向車內。

「對，沒錯……看樣子應該是早上我在骨董堂前踩到尾巴的那隻貓……」

面對找不到貓小偷而感到焦躁的琴子，真暮以悠哉的口吻繼續說下去。

「根據我的推理，貓咪應該會在小町通、若宮大道或鶴岡八幡宮其中一個地方。」

聽到突如其來的推理，琴子眨了眨眼。

「……為什麼你會這麼想？」

「按照妳的說法，那隻貓應該是以骨董堂為中心，在周邊生活才對。」

「那個……是這樣嗎……」

琴子歪著頭問，真暮自信滿滿地用力點頭。

「貓是夜行性動物，我不覺得貓咪夜晚到處閒晃之後，一大早會在陌生的地方睡覺。如果熬夜一整晚，應該會選在自己熟悉而且安全的地方睡覺。」

雖然他說的話讓人懷疑到底是多懂貓，不過琴子覺得聽起來的確很有道理。

「原、原來如此，可能是這樣。據說那隻貓每天都在骨董堂前面曬太陽……呃，星史郎先生說之前有看過那樣的虎斑貓……」

不能說是從掛軸老先生那裡聽來的，所以琴子慌慌張張地編好理由。

真暮似乎完全沒有察覺琴子的謊言，點點頭說：「果然是這樣啊！」

「除了安全的睡眠地點，還有另一個關鍵……流浪動物要活下去，還需要另一個東西。妳知道是什麼嗎？沒錯，就是食物。」

琴子正手忙腳亂準備回答的時候，真暮就自己說出答案了。

雖然用了疑問句，但他的推理似乎不需要其他人的意見。

「食物充足而且比較容易取得的地方，通常是有很多觀光客邊走邊吃的景點。我剛提到的三個地方，都在骨董堂附近。」

「……你說得……沒錯。」

「我們已經路過若宮大道好多次，都沒看到貓。如此一來，就剩下小町通和鶴岡八幡宮了。不過，小町通的可能性不大。因為貓不喜歡在人來人往的地方走動。有地方藏身的話當然是另當別論，但小町通的店家緊密相連，應該不是貓會喜歡的地方。」

琴子覺得真暮的推理比平常好很多。

然而，主觀的成分還是太多。

「那個，可是，小町通應該也會有貓咪能去的地方，而且那隻貓應該還在移動……」

「不過，牠在八幡宮的可能性絕對不是零吧？」聽到真暮的說法，琴子恍然大悟。

「只要有可能，就都去看看。如果沒找到，我們也能知道牠不在那裡。這樣也不算白跑一趟。後田琴子，妳說對吧？」

琴子點點頭。

的確就像他說的一樣。

如果阿螢有可能在那裡，那去確認看看就知道了。

「沒錯……你說得沒錯！」

「好，鼓持，去八幡宮！」

「沒問題，很樂意為您服務！」

鼓持用居酒屋店員那種活力充沛的感覺轉動方向盤，朝八幡宮前進。

不一會兒，雨水滴滴答答地打在擋風玻璃上。

「啊……下雨了……哇，這可是會一口氣潑下來的大雨啊！」

鼓持擔憂地喃喃自語，一邊用雨刷撥開越來越強勁的雨水。

汽車行駛在被烏雲覆蓋、天色變暗的鎌倉街道上，琴子雙手用力握緊，持續在內心祈禱。神哪，請一定要保佑阿螢平安無事……請保佑我找到他。

開車抵達八幡宮不到十分鐘，但雨勢已經如鼓持預料突然變強。彷彿颱風時降下的豪雨，劇烈打在擋風玻璃上的雨水就像瀑布一樣往下流。

鼓持說：「我開車在這附近找！」就讓琴子和真暮撐傘下車了。

「那接下來就要看我的了……」

強勁的雨水打在傘面上，真暮邊撐傘邊喃喃自語。

琴子撇下真暮，並朝周遭大喊：

「阿螢！你在哪裡——」

她刻意放大音量地叫喊，還是被嘩啦啦的雨聲蓋過了。

天氣這麼差，阿螢說不定已經被雨淋濕了……他平常總是愛逞強，但就像胸針的裝飾一樣，也有纖細的一面。他現在一定正在獨自啜泣……不過，阿螢到底在哪裡……

「阿螢是貓的名字嗎？」

在一旁聽到琴子叫喊的真暮這樣問。

糟了！琴子驚慌失措。

「如果貓對名字有反應，那我也一起喊。」

「不、不是，阿螢，呃，不是貓……」就在琴子支支吾吾的時候——

眼前跑過一隻貓。

「啊，灰色的虎斑貓！」

「後田琴子，等等！那隻貓沒有叼著胸針！」

琴子本來打算追上去，真暮這麼一說，她便停下腳步。

的確，貓咪嘴裡沒有叼著胸針。牠有可能把阿螢放在某個地方，也有可能根本不是這隻貓。

「到底在，在哪裡……」

「我的直覺告訴我……是這個方向！」

琴子正在猶豫的時候，真暮突然跑了起來。

真暮朝貓咪出現的方向前進，穿過鳥居走向右手邊的神苑牡丹庭園，而且還有禮貌地拿出零錢投入功德箱當作入場費才走進去。

「真、真暮警部！我真的能相信你的直覺嗎？」

「沒問題，我有時候會猜對！」

有時候嗎？琴子邊想邊追上真暮。

然而，真暮腳步太快，而雨勢拖慢了琴子的腳步……最後因為體力耗盡不得不停下來。

「阿螢！你在這裡嗎？」

強忍下可能徒勞無功的心情，琴子在這裡也試著呼喚阿螢。

——結果，附近有個聲音回應：

「小姐，妳是在找一個老舊的胸針嗎？」

循著聲音看過去，那裡站著一位白鬍子老爺爺，很像是中國的仙人。

老爺爺附近有幾塊形狀奇特的大岩石。貌似是石灰岩的一種，旁邊立著一塊看板，上頭寫著「湖石之庭」。

看樣子這位老爺爺就是這塊石頭的付喪神。

「對，沒錯！他突然不見了……」

渾身濕透的琴子詢問是否看到阿螢，仙人靜靜地點了點頭。

「剛才有隻貓和老鷹在這裡起了爭執，牠們吵架的原因就是一枚胸針。老鷹似乎搶走了貓的胸針呢。」

「那、那個，您知道胸針在哪裡嗎？」

仙人直指源氏池的方向。

「他從源氏池的正上方往下掉了。不過，我只知道這些，運氣好的話應該會掉在浮島或是蓮葉上，也可能——」

也可能在池底。面對仙人的沉默，琴子驚愕地看著水池。

雨勢未停，水池發出激烈的降雨聲，阿螢掉在這個水池裡——

「小姐，現在絕望還太早了。」

宛如仙人般的老爺爺，以平穩的聲音說：

「這裡是神明的居所。真切的祈禱或許能劈開烏雲，會直達天聽喔！在放棄之前，先試著尋找所有可能性吧！」

「……是，我知道了！」

琴子用力點點頭，向仙人道謝後，急忙追上真暮。

她一路仔細觀察水池，與真暮會合後，發現真暮也直直盯著水池看。

「那個，真暮警部，怎麼了嗎？」

「後田琴子，妳不覺得……那個很奇怪嗎？」

琴子也順著真暮的視線看過去。

那裡有一個浮島。

浮島上有一隻白鴿，正張開翅膀咕咕地叫著。因為牠渾身雪白，所以在陰雨中非常顯眼。

「鳥類被水淋濕的話體溫就會下降，甚至會要了牠的命。可是在這種滂沱大雨裡，面對如此強勁的風還張開羽翼，應該不是在洗澡。」

「的、的確，感覺就像是在保護雛鳥一樣……」

「就是這個！那隻鴿子一定是在守護妳的寶物！」

「妳先等一下！」真暮好像想起什麼似地，開始打起電話。

通話的對象應該是鼓持。因為雨聲，琴子沒聽清楚真暮說什麼。

不過，琴子馬上就意會為什麼要打電話了。

「好，鼓持會想辦法取得神宮的許可，我們就用這艘小船過去那座浮島吧！」

真暮一說完就搭上繫在水池邊的小船，那是為了在蓮池內摘採蓮藕用的小船。

雖然不知道胸針是否在浮島上，但只要有可能，就應該去確認，真暮似乎打算徹底執行。平常的琴子可能會希望他再多想一下，但今天就不一樣了。只要有可能找回阿螢，做什麼都可以，去哪裡都沒關係。

琴子和真暮一起搭著小船橫渡雨中的蓮池。

就在他們接近浮島的時候，白鴿啪噠啪噠地飛走了。

「啊！」那一瞬間，琴子喊出聲。

閃亮的胸針就掉在白鴿原本站的地方。

一旁是熟悉的嬌小少年。

「阿螢！」

阿螢原本看著飛走的白鴿，聽到自己的名字，馬上望向琴子。「啊……琴、琴子？嗚嗚嗚——」

嗚哇——琴子急著迎接嚎啕大哭的阿螢，小船還沒停靠就跳到浮島上。

「哎呀呀呀呀呀！」背後傳來真暮和搖晃的小船對抗的聲音，但琴子不管那些，立刻撿起掉在水邊的胸針。

「對不起，阿螢！對不起！」

「我也有錯啦——」

琴子和阿螢貼著臉頰。

接著，兩個人一起在雨中嚎啕大哭。

分開之後，才了解彼此的重要。

因為平時都膩在一起，一切似乎都變得理所當然，然而，事實並非如此。差點失去彼此之後，才發現在漫長的時間中，能一起相處，其實就是一件非常特別，寶貴，宛如奇蹟般的事。

神哪，八幡大神哪，謝謝祢。

琴子邊哭邊感謝神明，感謝祢讓阿螢平安回到我身邊……讓我再見到他……

「後田琴子，妳在跟誰道歉？」

「這、這孩子在跟我說話……」

琴子一邊哇哇大哭，一邊回答真暮。

「這、這樣啊，胸針跟妳說話啊？」

聽到琴子這番話，真暮似乎也有點不知所措。

雨勢開始減緩的時候，白鴿像是代替神明回應似地，在浮島上空叫了一聲。

全身濕透地回到八百萬骨董堂，星史郎瞪大眼睛。

「琴子小姐，妳在哭嗎？呃，那個，真暮先生，是你惹她哭的嗎？」

「不是，硬要說的話，她應該是為了我的名推理而感動。」

「我現在很認真地在問你耶！啊，琴子小姐，胸針……」

星史郎馬上就注意到，琴子胸口別著鑲嵌閃亮藍寶石的胸針。

「是，我找到了！這次真的都是靠真暮警部的名推理才找到。」

琴子這麼一說，真暮馬上挺起胸膛回答：「你看吧！」

「這是……該怎麼說呢……今天真是幸運日啊！」

聽到星史郎這句話，琴子和阿螢相視苦笑。
雖然很難說是幸運，但結果或許還算幸運吧！
畢竟，琴子再度了解到重要寶物的價值啊！

後記　琴子的改變

在阿螢的誘拐事件後，過了幾天。

今天琴子也把阿螢的胸針別在胸口。

除了吵架那天之外，別胸針這個舉動和往常沒什麼不同。

只不過，琴子在別胸針的時候，心情已經改變了。

她不再漫不經心，並且對能和阿螢待在一起懷抱著感謝之意。

除此之外，還有另一項改變……

「後田琴子，一起去茶屋吧！差不多也該讓我回禮了吧！」

「好、好啊……應該是我要請客才對！」

真暮今天也來骨董堂邀約，琴子這樣回答。

可能是聽到琴子肯定的回答，太出乎意料。

真暮愣了一會兒。

「……嚇我一跳，我還以為妳今天也會拒絕。應該是說，我本來已經開始覺得妳是不是不想去。」

「沒有，哪裡……」真暮這麼一說，琴子便笑著帶過。因為真暮說得沒錯，所以琴子覺得尷尬。

「嗯？難道是心境上有什麼轉變嗎？」

「沒有……我是想謝謝你幫我找到阿螢的……胸針……」

全身濕透回到骨董堂的琴子，在真暮等人回去之後，聽星史郎說：「真暮先生其實很厲害喔！」

——「真暮先生其實真的是很厲害的名偵探。雖然很少成功，不過他之所以這麼年輕就當上警部，正是因為他靠罕見的直覺，解決數起大家都已經放棄的困難案件，雖然這種情形很少……」

星史郎雖然一邊強調「很少」，但仍然給予真暮很好的評價，在找到阿螢的胸針之後，琴子也能同意這一點。真暮之所以會自信滿滿，就是因為有過幾次大成功的經驗。

琴子想起，當時髮簪付喪神也一直幫真暮說話呢！

當時本來以為那是因為真暮是自己人，所以才說好話，看來並不只是如此。

真暮其實真的是直覺很敏銳的人……只是很像在尋找金脈一樣，經常落空而已。琴子深深覺得，希望他多注意，別冤枉別人就好。

不過，像他這樣無所畏懼，勇往直前的態度，倒是值得學習。因此，琴子也決定拿出勇氣，向前邁進一步。

「……那個，真暮警部。」

聽到琴子喊自己，原本正攤開筆記確認什麼時間去茶屋的真暮抬起頭。

「後田琴子，怎麼了？」

「那個……真暮警部經常叫我幸運女孩或幸運物……可是我沒有那麼厲害，而且我其實不太喜歡。」

一如阿螢的建議，琴子決定說出自己的想法。

雖然很害怕真暮的反應，但是已經不像當初見面時那樣，生怕被吃掉了。只是單純擔心這樣會不會傷害真暮而已。

「嗯……原來如此……那以後我會多注意。」

和琴子的預料完全相反，真暮似乎不太在意，還很乾脆地承諾以後會注意。

「謝、謝謝你……」

「如果讓妳覺得不愉快，我就得道歉。對不起。」

「不、不會……我才要道歉……」

「不過啊，後田琴子，有妳在就會順利這件事可是事實。」

真暮一如往常認真地說。看來他是認真的。

「所以，在妳不至於感到不快的範圍內，今後還是要……借重妳的……怎麼說呢？那個不可思議的……能力嗎？哎呀，反正就是要請妳多幫忙啦！」

真暮用無憂無慮的笑容說出這些話，琴子也不由得回應：「啊，我知道了。」

「還有，去茶屋的時間，明天或後天如何？妳有空嗎？」

「那個，我看看……可以，我明天有空。」

明天店裡休息。而且琴子已經不打算拒絕，便坦率地答應邀約。

不知道是不是很滿足於琴子終於如願答應邀約，真暮開心地說完「那我明天再來」就乾脆地回去了。

大門嘎啦啦地關上。

確認真暮離開，琴子放鬆緊繃的肩膀，安心地吐了一口氣。

「妳終於說出口了呢！」

阿螢彷彿在慰勞琴子的勤勞似地這麼說。

「應該是說，妳不是已經可以和那傢伙正常對話了嗎？你們感情很好啊？」

「怎麼可能……我還是……」

……不太擅長和真暮相處啊。如果是兩個人一起出門，和星史郎一起會覺得比較安心。鼓持也在場的話，琴子會覺得比較輕鬆。不過，琴子也發現，自己不像以前那樣討厭真暮，內心變得有點複雜。

要整理這樣的心情，應該比按照骨董堂付喪神們的要求重新陳列還花時間……想到這裡，琴子就不禁嘆氣。

看到琴子這個樣子，骨董堂內的付喪神們馬上變得興奮。

「如果是戀愛問題，儘管問我～」

「畢竟我們活了這麼久，可沒白活啊！」

「一對一的策略可是我的強項喔！」

「我雖然不是很懂這方面的事情，不過我聞得到幸福的味道！」

「等、等一下，各位，這跟戀愛沒有關係啦！」

琴子慌慌張張地駁斥付喪神們的戲弄。

「這很難說吧？人生還很長啊！說不定會因為某個契機而發生改變喔！」

在肩上的阿螢，一副什麼都懂的樣子回嘴。

接著，他彷彿稍稍安心似地瞇起眼睛，拍了拍藍色的翅膀。

琴子在鎌倉的生活，才過了三個多月。

不過，琴子已經感覺到自己慢慢改變。

或許是因為骨董堂的付喪神們，還有偶爾宛如暴風般被捲入的事件吧！

時序由夏入秋。

在鎌倉的下一個季節裡，琴子又會有什麼樣的轉變呢？

這個答案，恐怕連經營骨董店的爽朗好青年、年紀輕輕就破格升官且自稱名偵探的幹練帥警部、活過漫長歲月的付喪神們……

甚至是看得到、聽得見付喪神的琴子本人，都無從得知。

本作品為虛構故事，與真實人物、團體等完全無關。

國家圖書館出版品預行編目資料

鎌倉八百萬骨董堂：初次見面！付喪神偵探 / 三萩千夜 著；涂紋凰 譯 .-- 初版 .-- 臺北市：皇冠，2019.11 面；公分 . --（皇冠叢書；第 4802 種）（mild；22）
譯自：鎌倉やおよろず骨董堂 つくも神探偵はじめました
ISBN 978-957-33-3490-3（平裝）

861.57　　108017030

皇冠叢書第 4802 種
mild 22

鎌倉八百萬骨董堂
初次見面！付喪神偵探

鎌倉やおよろず骨董堂
つくも神探偵はじめました

作　　者—三萩千夜
譯　　者—涂紋凰
發 行 人—平雲
出版發行—皇冠文化出版有限公司
台北市敦化北路 120 巷 50 號
電話◎ 02-27168888
郵撥帳號◎ 15261516 號
皇冠出版社（香港）有限公司
香港上環文咸東街 50 號寶恒商業中心
23 樓 2301-3 室
電話◎ 2529-1778　傳真◎ 2527-0904
總 編 輯—龔橞甄
責任主編—許婷婷
責任編輯—林郁軒
美術設計—嚴昱琳
著作完成日期— 2018 年
初版一刷日期— 2019 年 11 月

法律顧問—王惠光律師

讀者服務傳真專線◎ 02-27150507
電腦編號◎ 562022
ISBN ◎ 978-957-33-3490-3
Printed in Taiwan
本書定價◎新台幣 280 元 / 港幣 93 元